APRENDIENDO A OLVIDAR

Sergio López Pérez

Para mi madre, a quien las palabras eluden,
pero cuyo amor siempre ilumina mi camino.

CONSUELO

Era una mañana especial, pero ella aún no lo sabía. Consuelo se acababa de despertar y vagabundeaba por la cocina en busca de café, cuyo lugar de reposo variaba con cada alba, creando así momentos de crispación cuando trataba de relatar el desconcierto a la familia.

Nos encontrábamos a finales de septiembre y el verano comenzaba a ceder su lugar al otoño. El frescor se hacía palpable, y las calles se alfombraban de hojas caídas, como es habitual en esta temporada. Pero, aun así, la llegada del otoño resultaba controvertida cuando las ruedas del andador se atascaban con los peciolos, y no digamos de los cercos de clorofila y demás pigmentos que terminaban decorando tanto el portal como el umbral del apartamento.

Consuelo había pasado una semana tranquila,

teñida de monotonía y rutina sin sobresaltos. A la edad de ochenta años, con la demencia tejiendo sombras en su mente y la esclerosis entorpeciendo cada movimiento, el mundo se revelaba en colores desafinados y distorsionados, donde el tiempo perdía su ritmo constante y las tareas cotidianas se transformaban en desafíos titánicos. La búsqueda del café constituía la inicial de las vicisitudes matinales, seguida de las gafas, el reloj y la cartera, pero no las llaves. Las llaves estaban siempre en su sitio, erguidas y firmes en la cerradura, como guardianes protectores que custodiaban el piso, vedando el paso a cualquier intruso, incluida la familia.

Tras concluir la ceremonia del café con galletas, se iniciaba una fase errática de tránsito, un deambular fluctuante entre la cocina y el dormitorio, con escalas eventuales frente al televisor y siestas fugaces de mesa en mesa. Este peregrinar continuaba hasta que sus piernas recobraban la destreza para encarar el umbral, girar la llave y, andador en mano, aventurarse a la calle.

El propósito de aquel día se desmarcaba del resto. Aquella mañana, el andador se dirigió sin desvíos hacia el ascensor que desembocaba a la calle. Su mente, enfocada y dispersa a la vez, seguía una trayectoria clara, aunque repleta de inestabilidades. A diferencia de otros días, no se detuvo a intercambiar palabras con los habituales del primer bar, ni del segundo, e incluso eludió la entrada del supermercado del barrio para evitar las interminables charlas con el tendero. Cruzó la calle con una hoja adherida a la rueda, que crujía al avanzar sobre el asfalto. Allí estaba ella, ante el modesto comercio que hacía esquina, el único bastión de su clase en toda la ciudad.

Una señorita de voz agradable y mirada tierna, ya con los años marcados en su rostro, recibió a Consuelo y la ayudó con el aparatoso andador para entrar a la oficina. Consuelo sentía un ligero nerviosismo, pero se tranquilizó al ver como la señorita extraía una carpeta del archivador que llevaba su nombre y varios documentos asegurados por un pequeño clip. La mujer apartó un sobre del montón, lo abrió y extendió los papeles sobre la mesa al tiempo que anunciaba:

—Ya tengo todo preparado.

La expresión de Consuelo se mantuvo serena, aunque en su interior, un cosquilleo de alegría la incitaba a levantarse y abrazar a la señorita. Se contuvo.

—Aquí tiene los billetes y aquí los detalles del alojamiento. Deberá mostrar esta información en el control de inmigración cuando llegue al destino, ¿de acuerdo? — explicó la señorita, con un tono impregnado de una emoción casi equiparable a la de Consuelo. Era su primera vez gestionando los preparativos de un viaje para una cliente de esa edad, que, en solitario y en secreto, se disponía a cruzar el mundo.

Naturalmente, una conversación tan concisa era insuficiente para un acontecimiento de semejante magnitud. Consuelo comenzó a lanzar un torrente de preguntas y le pidió a la señorita que transcribiera todos los pormenores en un papel, mientras ella misma registraba en su cuaderno de bitácora los detalles clave de la conversación: "es una isla", "hablan otro idioma", "loperamida". Ambas dedicaron más de una hora a desgranar los entresijos del viaje, hasta que, con los documentos a buen recaudo en su bolso y el andador rebosante de energía, Consuelo abandonó la agencia de viajes para volver a su casa.

Para una persona mayor y llena de vida, la soledad en una pequeña ciudad no es equipaje ligero. Consuelo, desde hace años, elegía vivir en una soledad activa, salpicada de visitas que ella misma procuraba, diálogos que iniciaba con entusiasmo y paseos aleatorios a cualquier hora del día en busca de conversaciones. Su familia, aunque residía en la misma ciudad, se encontraba distante debido a las exigencias del mundo moderno, que limitaba el tiempo y ensanchaba las distancias, obligándola a forjar su propio camino. Pero no siempre había sido así. Antaño, su hogar era un flujo continuo de alegría, con las paredes resonando al son de las conversaciones con vecinos, amigos y parientes; sin embargo, con el paso del tiempo, aquellos ecos se fueron reemplazando por un silencio que, más que llenarla de calma, empezaba a desvanecer la energía que fue una vez su esencia.

Consuelo albergaba una profunda pasión por la música y el mar, y siempre había acuñado el sueño de viajar, de sumergirse en nuevas culturas, aprender nuevos idiomas y experimentar el mundo que la rodeaba. No obstante, la vida, más allá de las paredes que con tanto esfuerzo erigió y que le trajeron tanto dolor como alegría, ahora no era más que una prisión de emociones que, poco a poco, consumían su espíritu y su alegría. Su anhelo de viajar había sido siempre un sueño aplazado por las azarosas jugadas del destino. Nunca había tenido ni el tiempo ni el dinero, pero, principalmente, siempre le había faltado el coraje para zarpar hacia sus sueños y dejarse llevar por la marea de sus deseos. Siempre estaban ahí, acechando, los temores del futuro, los "¿y si...?", los "pero..." y los murmullos sobre lo que dirían los otros. Sin embargo, llega una edad en que el temor al futuro pierde su peso y su sentido.

En los últimos meses, Consuelo había tomado plena conciencia del impacto de su enfermedad y de las restricciones que, sin duda, marcarían su porvenir.

Pero su afección también la estaba emancipando de las ataduras de la presión social. Había empezado a percibir los deslices de su memoria y se había esforzado en anotar todo lo que cruzaba por su mente, manteniendo un registro fiel de las visitas a sus pensamientos. En ocasiones, olvidaba fechas y nombres, no recordaba dónde había guardado el café y se sumía en la confusión al no encontrar su propia ropa, que luego aparecía como por arte de magia días después en los lugares más insospechados. Como aquella vez que guardó el cargador del móvil entre las lentejas y estuvo días desconectada del mundo, hasta que, al preparar un cocido, redescubrió el enser perdido, no sin antes cuestionarse quién en su sano juicio guardaría un cargador con las legumbres.

Los ecos de su infancia iban y venían a capricho del tiempo, mientras los nombres de sus seres queridos se esfumaban poco a poco. Cada amanecer, Consuelo necesitaba un impulso adicional para ponerse en marcha. —Esto no puede continuar así. No puedo quedarme de brazos cruzados esperando que mis sueños vengan a mí—, reflexionaba.

Transcurrieron semanas, quizás meses, en esta languidez, hasta que un día, mientras deambulaba con su andador por el vecindario, tomó la decisión de acercarse a la agencia de viajes y tantear las posibilidades. Aquel fue el día en que, por primera vez, saboreó el dulzor de la libertad y se sintió con el ánimo para viajar. Regresó, tal vez una docena de veces a la agencia en menos de un mes, y con cada visita, su interés por las ofertas y destinos se acrecentaba más y más. Anotaba en su libreta los nombres de los lugares que podría visitar y, al volver a casa, los estudiaba con detenimiento y los ubicaba en el mapa. A veces, repetía esta tarea un par de veces al día, por eso de la memoria, pero su entusiasmo y curiosidad eran llamas que no se extinguían.

Cuando la señorita de voz agradable y de mirada tierna le entregó aquel sobre, se desató un viraje emocional decisivo en su interior. Aquello se transformó en su íntimo secreto, custodiado con fervor en su bolso a dondequiera que fuese. No lo había revelado a nadie, por el temor de que despojaran su ilusión. Era plenamente consciente de su edad, de su situación, de sus limitaciones, de su memoria a veces errática y de lo apremiante del futuro. Sin embargo, entender que la edad avanzada no se traduce en inutilidad ni en incapacidad para embarcarse en nuevas experiencias resultaba clave. La dolencia que restringía su cuerpo también, a cambio, avivaba su curiosidad y poblaba sus jornadas de interrogantes por desentrañar. Era como renacer en la juventud, aunque adornada con arrugas, sin cortapisas, sin miedos, solo con la pura ilusión que brota de la curiosidad.

Pero su mayor preocupación, sin duda, era la idea de dejar su hogar por unos días. Consuelo había vivido en la misma casa durante los últimos 50 años y rara vez la había abandonado, salvo por alguna breve escapada a visitar a sus parientes en Asturias o durante alguna incursión de fin de semana a las playas de Laredo. Tanto tiempo en un mismo espacio puede llegar a ser un cepo que constriñe y atenaza. Lo que ella llamaba su casa era, en verdad, su santuario; ese lugar donde se sentía protegida, donde cada rincón y cada eco le eran íntimos y donde todavía moraban muchos de sus recuerdos, amontonados a través de los años. —Pero ¿qué tonterías pienso? ¿Qué son unos pocos días? Todo estará como lo dejé a mi regreso—, se convencía a sí misma.

Y así fue. Con la fecha límite marcada en los billetes de avión, abonados con su pensión de viudedad, y con todos los preparativos en orden, el gran día estaba a punto de tocar su puerta. Ya no necesitaba excusas ni permisos, no aguardaba asistencia ni consejo; se tenía a sí misma y confiaba en que el mundo, generoso y vasto, estaba siempre sembrado de almas solidarias y gentiles que, en caso de necesidad, emergerían de la penumbra para tenderle una mano en cualquier vicisitud. Con la mente despejada y tras un par de cafés tardíos, Consuelo se encaró a la cama con un único pensamiento mientras repasaba sus notas: "es una isla", "hablan otro idioma", "loperamida".

EL VIAJE

El despertador inundó la habitación con su estrépito infernal a primera hora de la mañana. Había llegado el día, y era el momento de levantarse para comenzar la aventura. Aquella mañana, su mente estaba más lúcida y despejada que de costumbre, tal vez por la adrenalina y la emoción. Algún que otro pensamiento sombrío trataba de abrirse paso entre los demás, pero eran tantos y tan variados que Consuelo apenas les prestaba atención.

La víspera había considerado con minuciosidad cada detalle y repartido sus pertenencias por diferentes estaciones logísticas a lo largo de la casa. La ropa para el día del viaje estaba dispuesta; el bolso, henchido hasta rebosar con cuanto pudiera necesitar para sortear contratiempos; la maleta, de proporciones casi cómicas dada la envergadura del viaje; y, cómo no, el andador, su leal escudero desde hacía ya casi dos años. Había también dispuesto su riguroso café con galletas para desayunar y no esperaba visita alguna que entorpeciese su meticuloso plan. La hoja de ruta yacía sobre la mesa, junto a su cuaderno de notas, donde estaban consignados todos los pasos a seguir durante el día para alcanzar su destino.

Antes de cerrar la maleta y el bolso, debía efectuar la última revisión, como si fuese un piloto avezado en misión especial: el pasaporte, de esos que no caducan a cierta edad; la cartera, por supuesto, repleta de papeles y fotografías antiguas; el dinero, un fajo de billetes de colores que oscilaban entre el azul y el rojo, ornados con personajes desconocidos y plagados de símbolos exóticos; la tarjeta de crédito, por si acaso; y el teléfono móvil, con iconos grandes y una pantalla suficientemente amplia para leer y escribir mensajes en el grupo de la familia. Con todo preparado, la maleta ensillada sobre el andador, el bolso colgado al hombro y el teléfono en el bolsillo de la chaqueta, se encaminó hacia la puerta. Echó un último vistazo desde la entrada hacia la cocina para cerciorarse de que las luces estaban apagadas y salió de la casa.

Entre su puerta y la estación de autobuses no mediaban más de quince minutos de paseo, pero para ella las distancias se multiplicaban por dos o tres, según cuántas almas encontrase dispuestas a entablar conversación. Aquella mañana, sin embargo, era demasiado temprano para charlas esporádicas. El andador, fiel corcel, avanzaba a toda potencia, esquivando a los peatones madrugadores que comenzaban su jornada por las aceras de la ciudad.

El tiempo se antojó breve y llevadero en su trayecto a la estación. Los minutos, sigilosos, apenas se habían deslizado por la esfera del reloj cuando el autobús, con la majestuosidad torpe de un viejo elefante, se presentó y se posicionó frente a la congregación de almas expectantes. El conductor no tardó en manifestarse, apareciendo por la puerta delantera con la autoridad de su oficio, y anunció el próximo peregrinaje con una voz que resonaba firme y clara en el aire matinal: «¡Pasajeros a Bilbao!». Consuelo, billete en mano, se apresuró a ocupar el primer asiento vacío de la primera fila. Era una eternidad la que se había consumido desde la última vez que se lanzó conquistar los asientos de un autobús, y mucho menos con el propósito de aventurarse hacia Bilbao, la ciudad donde residía aquella amiga de su infancia, cuyo nombre danzaba en los bordes borrosos de su memoria, como una antigua melodía susurrada por el viento.

El autobús, capitaneado con pericia, levó anclas y zarpó a través del entramado urbano, surcando el cauce asfaltado de las calles que lo guiaban hacia la autopista, la gran corriente que desembocaba en la ría bilbaína. El viaje no se extendió más allá de una hora, pero para Consuelo, a bordo de aquel navío terrestre, el tiempo transcurrió con la brevedad de un parpadeo. Compensaba el balanceo del vehículo con cabezadas fugaces, como si las olas la mecieran suavemente, sumergiéndola en un océano de reposo. Las vibraciones del autobús resonaban de manera hipnótica en cada curva que la acercaba, legua a legua, a su destino.

El autobús atracó en los subterráneos de la nueva estación de autobuses, un recinto aún impregnado de la fragancia de lo nuevo y desconocido que desorientó por momentos a Consuelo, cuya memoria aún acunaba vagamente la imagen del antiguo edificio. Descendió de su vehículo con la asistencia cortés de otro de sus efímeros compañeros de viaje, mientras el conductor luchaba en su empeño por acomodar el andador. Ya de nuevo pertrechada, dejó atrás los andenes y se entregó, sin tapujos, a la inquisición de cualquier transeúnte que cruzase su camino, en busca de instrucciones que la condujeran hacia el lugar correcto donde tomar un taxi que la llevase al aeropuerto.

Al salir del edificio, dar con un taxi resultó ser tarea fácil. Como por designio del destino, un vasco bonachón de mediana edad la aguardaba con el maletero ya escanciado de par en par, dispuesto a acoger la carga que portaba el andador, y la puerta del vehículo entreabierta, lista para recibir a Consuelo. La travesía no alcanzó el cuarto de hora desde que el taxímetro cobró vida hasta que abordaron la última curva que daba entrada al aeropuerto. El taxista, prodigando en relatos, le había amenizado el trayecto desgranando los episodios de su vida a todo color, y se despedían ya con la confianza y el afecto reservados a los viejos amigos.

Allí, en el aeropuerto, se desplegaba ante sus ojos el primer momento de no retorno. El edificio, moderno y pulcro, bullía de gente que caminaba de un lado a otro, casi al azar, arrastrando tras de sí maletas de todos los tamaños, todas teñidas de un negro uniforme que parecía absorber la luz y los rumores del lugar. Consuelo se detuvo unos instantes frente a uno de los paneles de información, observando atentamente las cifras que parpadeaban ante ella. Con cuidado y una pizca de ansiedad, intentaba emparejar los números que brillaban ante sus ojos con los impresos en el billete que la señorita de voz agradable y mirada tierna le había entregado días antes. Fue entonces cuando un joven se aproximó, y con una sonrisa que despejaba sombras, se ofreció a dilucidar aquel enigma que confundía a Consuelo. Amablemente, la guió hacia el control de seguridad mientras le preguntaba si ya había facturado su equipaje.

"Facturar" era un término que se le antojaba nuevo, una opción que ni siquiera había considerado. Consuelo no tenía necesidad de cargar con excesos: lo puesto y un par de prendas adicionales para alternar durante su estancia eran suficientes.

—La ropa se lava —se decía, mientras un pensamiento recurrente la acompañaba—. ¿Qué necesidad hay de traerme el armario conmigo? —reflexionaba mientras avanzaban.

Al alcanzar su destino, Consuelo se despidió del amable joven y, tras recibir algunas indicaciones del personal de seguridad, cruzó sin contratiempos el umbral que distinguía viajeros de visitantes.

—¿Líquidos? ¿portátil? —preguntó con amabilidad una de las señoritas. Consuelo, ligeramente desconcertada, transformó la pregunta en eco, arrancando una sonrisa comprensiva al grupo de trabajadores. Aunque era evidente que Consuelo no carecía de agudeza, su bisoñez en las artes de la aviación en solitario era innegable.

El personal, al unísono y ya al tanto del destino de su viaje, se empeñó en asegurar que Consuelo tuviese una experiencia grata, asistiéndola tanto con el andador como con la maleta. Una vez superado el control, la señorita que antes le había formulado aquellas curiosas preguntas se acercó ofreciéndole una botella de agua.

—Tenga cuidado y beba toda el agua que pueda. Le

espera un largo viaje —le aconsejó con la ternura con la que uno se dirigiría a su propia madre.

Consuelo irradiaba una dulzura carismática, intensificada por una innata bondad que, sin pretenderlo, seducía a quienes la rodeaban. Era una mujer de naturaleza sencilla y transparente, capaz de comunicar con emociones y sin necesidad de articular palabra, aunque la idea de conversar la llenaba de entusiasmo. Se había forjado en el orgullo de sus sacrificios, transformándose en una de esas mujeres que colocaban sus deberes por encima de sus propios deseos; de esas que, tras horas en la cocina, se reservaban para sí mismas el trozo más humilde y menos tentador; de esas que ofrecían su ayuda hasta el último aliento, sin esperar recompensa alguna y sin hacer distinciones entre quien la recibía, lo que en alguna que otra ocasión le había acarreado problemas.

Cuando anunciaron el embarque, todo se simplificó para Consuelo de manera inesperada. El equipo de seguridad, que había mantenido un ojo vigilante sobre ella en todo momento, ya había comunicado su situación tanto al personal de tierra como a la aerolínea. Un joven robusto, recién descendido de las laderas del Gorbea, la esperaba con una silla de ruedas para escoltarla hasta el avión. Consuelo rehusó la ayuda en un par de ocasiones, pero finalmente cedió y se dejó empujar hasta su asiento.

—En Fráncfort le estarán esperando justo en la puerta cuando aterricen para llevarla hasta su próximo vuelo. Por favor, no intente desplazarse por su cuenta; el aeropuerto es mucho más grande que este —le explicó el muchacho con tono instructivo.

Surcaron los cielos durante más de dos horas sin mayor preocupación, como si de un trámite cotidiano se tratase, igual que quien se dirige al mercado. Para Consuelo, la experiencia no era muy distinta a la del autobús, solo que ahora se hallaba sumergida entre las nubes, se repetía para sus adentros. Junto a ella, en su misma fila de butacas, una señora de piernas lánguidas, discretamente cubiertas por una falda lisa de tonos claros, y originaria de aquellos parajes, aguardaba pacientemente a que comenzase el espectáculo de tomar tierra. Les separaba tan sólo el asiento central, que iba vacío, brindándoles unos centímetros extra para desplazar sus piernas de izquierda a derecha. Al frente, el interés menguaba; no había nada más que el asiento plegable que la azafata había ocupado durante el despegue. El ambiente en la cabina era apacible y tranquilo, manteniendo a muchos de los espectadores con los ojos cerrados, tratando de consolidar el descanso que los trajines del volar les había arrebatado. Otros, entre ellos Consuelo, empleaban el tiempo en evocar recuerdos, narrando las historias de aquella amiga de la infancia de Bilbao, cuyo nombre, también en esta ocasión, se le escurría de la memoria.

Era el filo de la una del mediodía cuando el avión tomó tierra en el aeropuerto de Fráncfort. El público a bordo estalló en aplausos, satisfecho de haber alcanzado su destino, y comenzó el desfile del pasaje ante Consuelo, que aguardaba en su butaca la señal de la azafata para abandonar la cabina. Aún no se había incorporado cuando una silla de ruedas, que mostraba más batallas que la anterior, hizo su entrada por la puerta, seguida de un joven de una estatura imponente que hacía que la silla pareciera de juguete. Tomaron el andador, ya dispuesto junto a la puerta del avión, y se abrieron paso por la pasarela hasta la terminal, donde les aguardaba un vehículo descomunalmente grande, con las luces de estacionamiento titilando. El muchacho intentó sin éxito entablar conversación, manteniendo el buen humor en cada tentativa, frente a las respuestas repetitivas de Consuelo *"Taipéi, Taipéi"*. El joven la ayudó a subir al vehículo, acomodó cuidadosamente al escudero y la maleta, y arrancó sigiloso.

Aún restaban cerca de dos horas para la salida del segundo vuelo y, casi como había ocurrido en Bilbao, el personal de tierra se volcó con Consuelo desde el instante en que aquel descomunal vehículo se detuvo frente a la nueva puerta de embarque. En esta ocasión, los papeles se invirtieron y era una joven delgada de preciosa piel dorada, envuelta en un chaleco reflectante, quien la estaba esperando. La muchacha se presentó en un castellano fluido, aderezado con un cierto acento melódico, que delataba sus orígenes. Pronto se sumergieron en una charla como si fueran amigas de toda la vida, mientras esperaban la hora de embarcar. Entre ellas, cada par de frases daba lugar a una sonrisa y una carcajada que resonaba entre los pasajeros cercanos, incluso entre aquellos que no comprendían el idioma. Poco después, una de las azafatas se acercó a las conversadoras, autorizando a Consuelo a embarcar en primer lugar.

—Supongo que piensan que es más práctico dar prioridad a los bultos más aparatosos y sus artefactos motorizados, para evitar entorpecer al resto del pasaje —reflexionaba Consuelo.

La joven de piel dorada la condujo hasta la puerta de la aeronave, que se fusionaba con la pasarela. El avión era colosal, un gigante de los aires, y en un juego de contrastes, el espacio donde debía acomodarse Consuelo durante las siguientes trece horas lucía inversamente proporcional al tamaño de aquel pájaro metálico. El avión estaba completamente vacío, y solo las azafatas rompían la simetría de las hileras de asientos blancos y relucientes, alineados con precisión milimétrica, todos ellos matizados de azul, como si formaran parte de una insólita convención internacional de sillas de dentista. Acomodada en su nueva butaca, Consuelo presenciaba el segundo acto de su jornada, al tiempo que la cabina se impregnaba gradualmente de murmullos. En menos de lo que dura media hora, el caos del embarque y los improvisados ejercicios de estiba de equipajes llegaron a su fin, y todos los espectadores ocuparon sus respectivos lugares para dar comienzo al espectáculo.

Se contaban más asientos que almas, detalle que visiblemente estimulaba el ánimo de la tripulación. Durante el vuelo, las azafatas no cesaron en su actividad, recorriendo sin descanso los prolongados pasillos del avión, calentando comida al menos un par de veces y vertiendo agua sin tregua en los vasos del pasaje. La pantalla multimedia de Consuelo, en un alarde de mutismo, parecía la única del avión que no destilaba emociones; incapaz de desentrañar sus secretos, había optado por sumergirse una y otra vez en los manuscritos de su cuaderno de notas. Las tentaciones culinarias del menú también se le escaparon, lo que la llevó a resignarse a aceptar lo ofrecido y beber agua, haciendo eco de los consejos de la joven muchacha del control de seguridad. La tripulación, con esmero impecable, bordaba el aire de elegancia, aunque para Consuelo, el roce con lenguas ajenas tras años de silencioso olvido le resultaba aún una empresa complicada. Ninguna de las azafatas dominaba el castellano, lo que en repetidas ocasiones la empujaba a invocar el antiguo arte de la mímica, desplegando toda gama de gestos, transformándola en una actriz más sobre el escenario de aquel teatro volante.

Tras más de doce horas surcando los cielos, el capitán anunció el inicio del descenso hacia el aeropuerto internacional de *Taoyuan* en las cercanías de Taipéi. Los pasajeros, en un concierto casi unánime, levantaron las cortinillas de las ventanas y ella, arrastrada por la marea, hizo lo propio. La panorámica la cautivó durante prolongados minutos. No eran más de las nueve, hora local, y el cielo pintaba limpio y diáfano, ofreciendo una vista que se extendía hasta fundirse con el horizonte. La sinfonía de azules que entrelazaba el cielo con el mar, y los primeros atisbos de tierra firme emergiendo bajo las alas, componían una estampa de belleza arrebatadora. Casi sin pensarlo, como si una fuerza misteriosa guiara su mano, Consuelo extrajo su cuaderno de notas y plasmó el momento en una sola palabra: "Precioso". Dejó reposar el cuaderno sobre sus piernas y siguió absorta, con la mirada anclada en algún punto distante de aquel paisaje maravilloso.

La serenidad de Consuelo se quebró súbitamente

cuando las ruedas del avión besaron el asfalto y la fricción de los frenos con las ruedas detuvo con abrupta determinación el avance de la aeronave.

—*Welcome to Taiwan* —resonó por la megafonía de la cabina, envuelto en una cálida y envolvente música de fondo, como si brotara suavemente de un acogedor café, invitando a los viajeros a sumergirse en la atmósfera hospitalaria del lugar.

FORMOSA

Sin ánimo de evocar épocas colonialistas y tan solo por el sentido intrínseco del nombre que se le quedó grabado en sus años de estudiante durante la dictadura, la palabra "Formosa" había adquirido un sentido especial para Consuelo. Aquel nombre que los portugueses acuñaron allá por el siglo XVI ya constituía, por sí solo, razón sobrada para decidirse a visitarla. "Hermosa", no cabía epíteto que mejor describiera su destino. Por supuesto, Consuelo había devorado cuanta información pudo sobre la isla en las últimas semanas, aunque igualmente había olvidado la mitad de cuánto había aprendido, albergando la esperanza de conservar la esencia y poder disfrutar aún más de la experiencia, sin incurrir en desaires hacia los locales por su forzada ignorancia. En su cuaderno, había reservado un rincón lleno de lugares, fechas y nombres que, aunque casi habían perdido su sentido original, sabía que eran importantes. Abundaban los nombres de ciudades, figuras históricas, monumentos y hasta un par de términos que hacían alusión a especialidades culinarias del país, que en algún momento habían despertado su interés.

Se abrieron las puertas del avión y comenzó el ritual del desembarque. Obedeciendo las instrucciones de la tripulación, o al menos eso creía ella, permaneció paciente, aguardando, por segunda vez, a que el resto de los pasajeros se esfumara para dejar margen suficiente a las azafatas, quienes debían rescatar el andador y acomodar su maleta.

Con la cabina ya desierta, aunque esta vez notablemente desaliñada, la asistieron para abandonar el avión. En el umbral de la aeronave, la esperaba una tercera alma, una joven de mirada cálida, que la recibió con una silla de ruedas de diseño moderno, que empequeñecía a las anteriores. Juntas iniciaron su travesía por la terminal, esforzándose por comunicarse en un castellano escaso y un inglés entrecortado, una tarea complicada, facilitada por las sonrisas de Consuelo que suavizaban el camino.

Las restricciones por la pandemia se habían levantado hacía poco y aún eran escasos los audaces que se aventuraban a viajar tan lejos. Durante aquellos días oscuros, Taiwán se había erigido como un faro de prudencia en el mapa mundial, con un escaso número de contagios, gracias a las rigurosas medidas de control impuestas por el gobierno y a la veteranía de su población, curtida en anteriores batallas contra otros virus. Este contexto confería al aeropuerto un semblante casi desolado, como si fuera una zona aún en plena reconstrucción, con las tiendas clausuradas bajo lonas y los pocos transeúntes ocultando nariz y boca tras sus mascarillas, en un silente testimonio de los tiempos que corrían.

Llegaron al control de aduanas, un vasto recinto salpicado de postes y cintas interminables que entretenían a los pocos pasajeros que habían compartido el vuelo con ella. La estampa tenía su encanto, pero resultaba amena, y tras tantas horas suspendidos entre las nubes, a nadie parecía pesarle el serpentear unos metros más para presentar sus documentos. Consuelo evitó la experiencia, que podría haber sido aún más grotesca, considerando la caravana compuesta por el andador con la maleta, ella misma en la silla y la joven de mirada cálida impulsando al conjunto desde atrás.

Se aproximaron al puesto de control donde un joven guardia, que no rozaba los veinte años, aguardaba su llegada. El muchacho se desvivió en esfuerzos: articuló palabras en inglés, mandarín, probó con algo de japonés y hasta se aventuró con el ruso, pero Consuelo no cazaba una. Al final, con un gesto de resignación, Consuelo abrió el bolso y desparramó sobre el mostrador todos los documentos que la agencia le había proporcionado, junto con su pasaporte, y el joven agente se entregó a la faena. Procedió a tomarle las huellas, le sacó un par de fotografías y aplicó el primer sello que su pasaporte había visto, mientras insertaba una nota manuscrita en mandarín entre las páginas del documento.

"¡Bienvenida a Taiwán!" dijo el joven, echando una mirada a Consuelo mientras le ayudaba a reorganizar los papeles en el bolso. Esta vez, ella sí que le había entendido y respondió con un entrañable "gracias" que brotó genuino y profundo desde el fondo de su alma.

La joven de mirada cálida la acompañó hasta la planta baja del edificio, donde se ubicaba la salida. Sin maletas que recoger, la tarea estaba cumplida. Consuelo se levantó de la silla de ruedas, se echó el bolso al hombro y se despidió de la joven en perfecto castellano, inclinando levemente la cabeza en un gesto cargado de respeto. Con el andador firme en su mano y paso decidido, se encaminó hacia la puerta de cristal que destellaba con la luz natural del exterior. La joven permaneció inmóvil por unos instantes, observando cómo Consuelo atravesaba el umbral. Solo entonces se despidió de nuevo, agitando su mano al aire, mientras la silueta de Consuelo se diluía entre la luz.

Dejando atrás la puerta que la promovía de la categoría de viajera a turista, Consuelo se detuvo, satisfecha y curiosa, buscando algún signo que la guiara hacia su próximo destino. En esta parte del aeropuerto, el pulso de la vida palpitaba con mayor fuerza. A su alrededor, los comercios se esparcían, sumidos en la uniformidad de sus ofertas, clamando en un unísono comercial: tarjetas SIM. Era un hecho evidente incluso para quien no dominara el idioma, pues las imágenes de las tarjetas, exhibidas en todos los ángulos imaginables, hablaban por sí solas, aunque estuvieran adornadas con enigmáticas inscripciones en caracteres chinos que limitaban su sentido. A pesar de que su atención estaba cautiva y consciente de la necesidad de adquirir uno de esos pequeños tesoros que le permitirían mantenerse en contacto con el mundo, un mar de dudas la inundaba sobre cómo proceder, sin más conocimiento ni referencias que la orientaran. Divisó un par de sillas vacías al lado de uno de esos establecimientos y, con un suspiro, mezcla de cansancio y resolución, se desplomó en una de ellas. Extrajo su teléfono del bolsillo, como si el simple acto de consultarlo fuese a dotarla de la súbita clarividencia para tomar una decisión más acertada. Navegó por el dispositivo, deslizando sus dedos sobre la pantalla, mientras lanzaba miradas furtivas y esporádicas hacia los carteles inundados de cifras, que reconocía como precios, en el mostrador del comercio adyacente.

La situación se extendió por un tiempo considerable, tanto que las olas de incertidumbre acabaron captando la atención de un joven que reposaba al otro lado del pasillo. El muchacho parecía sumido en un ocio expectante, tal vez aguardando la llegada de algún pariente o amigo. Consuelo no se había percatado de su presencia hasta que él ocupó la silla contigua y, apoyando los codos sobre las rodillas y girando su cuerpo hacia ella, la abordó.

—Hola, ¿necesita ayuda? —dijo en un castellano pulido, matizado con el acento melódico de algún rincón de Sudamérica.

El teléfono casi se le resbaló de las manos a Consuelo al oírle hablar en su lengua. Se giró para mirarlo y asintió con la cabeza.

—¡Hola! ¡Ay, qué bien me vienes! Mi teléfono no responde y no logro entender lo que ofrecen todos estos vendedores —explicó, manteniendo una sonrisa como si estuviera ajena a cualquier contratiempo. En realidad, percibía la situación más como una distracción fortuita que como un verdadero problema, pero sabía que debía mantener a la familia en la creencia de que todo estaba en orden y que ella seguía sumida en su monotonía cotidiana.

El joven miró al teléfono y lo tomó con delicadeza, evitando cualquier gesto que pudiera suscitar tensiones innecesarias. Parecía poco familiarizado con las reliquias tecnológicas que los museos del viejo continente conservaban en su acervo. Aquel aparato, a buen seguro, albergaba una de esas tarjetas SIM de antaño, de las más voluminosas. Con el teléfono en sus manos, recorrió los cincuenta centímetros escasos que les separaban del mostrador de uno de los comercios y entabló conversación con el dependiente. Los dos, con un gesto de leve sorpresa, manipulaban el dispositivo, sosteniéndolo apenas con dos dedos y rotándolo cuidadosamente de izquierda a derecha.

—Me solicita el número PIN para desbloquear el teléfono, pero es mejor que lo introduzca usted misma por seguridad —propuso el joven desde el mostrador, invitándola a acercarse.

—Uno, dos, tres, cuatro —articuló Consuelo desde su silla, con naturalidad, mientras el joven, cumpliendo con el protocolo de privacidad, cubría la pantalla con su mano para ocultar el código al vendedor y así preservar la confianza que aquella mujer acababa de depositar en él.

—¿Tiene usted dinero taiwanés? —le inquirió nuevamente el joven.

Consuelo, con un gesto pausado, abrió su bolso y comenzó a revolver sus pertenencias en busca del sobre que custodiaba los billetes de colores. No del todo segura sobre la confiabilidad del muchacho, y ante la singularidad de la situación, extrajo un billete azul de entre el conglomerado y lo sostuvo con firmeza entre sus dedos.

—Ah, estupendo, esto equivale a unos treinta euros y la tarjeta de teléfono cuesta apenas trescientos dólares taiwaneses, que son unos nueve euros. ¿Quiere que se la compre? —explicó el joven con una claridad didáctica.

Consuelo, movida por un repentino impulso de confianza y sin muchas alternativas, extendió el brazo para entregarle el billete, luego cruzó sus brazos sobre el bolso y quedó en vilo, a la expectativa del desenlace. Instantes después, el joven se giró, exhibiendo con un orgullo apenas disimulado el teléfono, el cambio del dinero y un pequeño sobre de plástico que albergaba la tarjeta telefónica original de Consuelo.

—Muchas gracias, de verdad que le estoy enormemente agradecida —expresó Consuelo, impregnando cada palabra con una sincera gratitud.

El joven, acto seguido, retomó su asiento en la silla desocupada al lado de Consuelo.

—No hay de qué. ¿Es su primera visita a Taiwán? —inquirió sin dejar resquicio para el silencio, mientras Consuelo se afanaba en reorganizar sus pertenencias dentro del bolso.

—Sí, es la primera vez que viajo —respondió ella. El joven interpretó que se refería a su primer viaje a

Taiwán, pero una sombra de duda lo picó y no pudo evitar profundizar en su pregunta.

—¿Es la primera vez que viaja en general o la primera vez que viene a Taiwán? —repitió, impelido por la curiosidad.

—La verdad es que es la primera vez que viajo sola —respondió Consuelo, acomodándose en su asiento para proseguir con la conversación.

Conversar constituía su distracción predilecta, pero no se entregaba al diálogo sobre banalidades ni vulgaridades. Existían dominios prohibidos que evitaba desde el comienzo, como los cotilleos y las trivialidades que proliferan entre vecinos. Si algo aborrecía profundamente eran los chismorreos y el estar inmersa en diálogos donde se murmuraba o vilipendiaba a alguien. Se erigía, de hecho, como una activista contra las habladurías; tanto era así que, en el instante en que la conversación derivaba hacia la crítica o la curiosidad malsana, solía reconducir su corcel en sentido contrario y abandonar el escenario con determinación.

Habían transcurrido algo más de dos cuartos de hora y ambos ya habían compartido un esbozo de sus vidas. Eduardo, boliviano de nacimiento y taiwanés por descendencia genética, narró cómo sus padres habían emigrado al poco de levantarse la ley marcial, a finales de los ochenta, a un pequeño pueblo en las proximidades de Cochabamba. Allí, sus progenitores se habían integrado regentando un modesto bazar que proveía de todo tipo de enseres, enfocado principalmente en la comunidad de ancianos del lugar, quienes encontraban en el establecimiento un oasis en su rutina. Esto revelaba la raíz de su versatilidad lingüística, oscilando entre un castellano florido y un chino peculiar, cargado de melodías. De hecho, ni siquiera había intercambiado palabras en mandarín con el comerciante, sino que había utilizado una de las lenguas autóctonas de la isla, que había adquirido como legado de sus padres y que, para Consuelo, seguía sonando a chino.

La conversación que sostenían estaba resultando amena y cálida, aunque un velo de inquietud comenzaba a teñir el ánimo de Consuelo. Había aterrizado hacía apenas una hora y aún ignoraba dónde amanecería al día siguiente. Todavía debía emprender el viaje hacia la capital y asegurarse un lecho donde dormir. Eduardo, con una perspicacia que rozaba la clarividencia, captó al vuelo la preocupación en la mirada de Consuelo y, levantándose de la silla de un brinco, se ofreció a escoltarla hasta la parada de taxis.

—¡Vamos, que estará agotada! Permítame mostrarle dónde se toman los taxis. Le daré indicaciones al taxista para que la lleve directamente a su hotel —propuso Eduardo, interrumpiendo el hilo de sus cavilaciones y ofreciendo un gesto de ayuda espontáneo y sincero. Consuelo se colgó el bolso y, con un pequeño impulso, aferrándose al andador, se puso en pie y se dispuso a seguir al joven.

Eduardo le había compartido que actualmente colaboraba a tiempo parcial para una modesta empresa, realizando encuestas en el aeropuerto a aquellos pasajeros que voluntariamente se prestaban, una ocupación que le dejaba abundantes momentos libres para deambular sin destino fijo por la ciudad. Esta situación perduraría al menos hasta enero, cuando planeaba regresar a Bolivia para seguir ayudando a su madre en la gestión del negocio familiar. Asimismo, se había ofrecido voluntario para mostrarle a Consuelo algunos rincones de interés de la ciudad en los días venideros, siempre y cuando ello no resultara una molestia para ella. Al parecer, había surgido una mutua simpatía entre ellos, y era evidente que el joven poseía un talento natural para relacionarse con las personas, exhibiendo una habilidad para conectar y comunicarse que no hacía distinciones de edad, tratando a Consuelo con la misma soltura y respeto que a cualquier joven de su generación. Esto había propiciado un ambiente distendido, libre de esos incómodos silencios, y dominado por una curiosidad recíproca que facilitaba el flujo de historias y anécdotas entre ambos.

Salieron del edificio de la terminal donde un vaho cálido y húmedo les asaltó sin previo aviso. Se dirigieron a la fila de taxis, que superaba con creces a la de viajeros, donde un grupo de taxistas charlaba distendidamente, disfrutando de un breve descanso. Pronto les asignaron a un taxista. Del primer vehículo de la fila descendió un hombre entrado en años, vestido con una camisa de manga corta y unos pantalones largos, holgados, de una talla claramente superior a la suya, más apropiados para disfrutar de la compañía de sus nietos que para estar al volante. Eduardo intercambió unas breves palabras con él y le mostró en su teléfono los detalles del destino. El hombre se acercó a Consuelo, moviendo la cabeza en un gesto de saludo, como si un hilo invisible del destino los hubiera unido en aquel breve cruce de caminos. Acto seguido, comenzó a pulverizar el andador, la maleta y los zapatos de Consuelo con un enorme espray desinfectante. Una vez concluida la labor, se dirigió al taxi y abrió la puerta del pasajero con un gesto de invitación para que Consuelo tomara asiento. Eduardo ayudó a embarcar el andador y los demás bultos en el maletero y, culminados los preparativos, el taxista ocupó su asiento al frente de la expedición. Eduardo, con una sonrisa y elevando ligeramente la voz para superar la distancia que ya los separaba, se despidió de Consuelo, prometiéndole que la contactaría durante la semana para explorar juntos los rincones de la ciudad.

Habían emprendido la marcha y Consuelo no había articulado palabra alguna. Parecía que se hubiera desatado una silenciosa batalla entre ella y el taxista, compitiendo por ver quién conseguía sumergirse en un mayor silencio, hasta tal punto que no se les oía ni respirar. Derrotada en este duelo de quietudes a los pocos minutos de haber comenzado, Consuelo había ya desviado la mirada hacia su cuaderno de notas, donde empezó a registrar todos los detalles que recordaba de su conversación con el joven: "Eduardo", "Bolivia", "teléfono".

Eduardo había esbozado apenas los contornos superficiales de su visita a Taiwán, dejando atrás, al otro lado del Pacífico, a su madre y el negocio familiar que juntos regentaban. Aunque su juventud no delataba la complejidad de su vida, la madurez que exhibía era indudablemente producto de su condición de inmigrante perpetuo: en Bolivia, como taiwanés de ascendencia aborigen, y en Taiwán, como miembro de una comunidad indígena marcada por un legado profundamente enraizado, pero a menudo marginado en el mosaico cultural de la isla. Este entrecruce de culturas dotaba a Eduardo de una perspectiva insólita, pues vivía en el punto de encuentro de dos mundos que lo definían y a los que él mismo redefinía. En Bolivia, su origen aborigen taiwanés le confería un sutil halo de exotismo, aunque sus rasgos no divergían radicalmente de los de sus compatriotas locales, lo que matizaba la percepción de su singularidad. En contraste, en Taiwán, tanto sus raíces bolivianas como su estirpe aborigen lo apartaban de las corrientes dominantes, pues no compartía los rasgos de la mayoría Han, descendientes de migrantes más recientes del continente chino, quienes ahora formaban la visión predominante de la isla. Esta divergencia lo situaba al margen de las corrientes, enfrentándolo a continuos desafíos culturales y sociales, marcando su interacción diaria y su aceptación dentro de la comunidad. Además, su retorno a la isla no era solo un viaje físico, sino un éxodo espiritual hacia el descubrimiento de sus raíces, una búsqueda de conexión con la tierra y la cultura que habían visto nacer a sus antepasados.

El taxista detuvo el vehículo en una calle estrecha, ante un edificio de humilde estampa. Los tres cuartos de hora de amena charla con su locuaz compañero se habían esfumado como la niebla matinal y, con un discreto movimiento de su dedo, el hombre señaló la cifra que parpadeaba en el taxímetro. Consuelo, ajena a si aquella suma era excesiva o irrisoria, extrajo unos cuantos de los billetes que Eduardo le había devuelto por la compra de la tarjeta y saldó su deuda con el conductor. Había alcanzado su destino y, al fin, podría concederse un respiro bien merecido.

compra de la tarjeta y saldó su deuda con el conductor. Había alcanzado su destino y, al fin, podría concederse un respiro bien merecido.

LA FORTALEZA

Consuelo se despertó con los primeros albores del día, como si la mañana, con dedos de seda, la hubiera acariciado suavemente para devolverla a la vigilia. Había dormido plácidamente, sumida en un letargo profundo que abarcó tanto la tarde como la noche. Esta era una de las ventajas paradójicas de su dolencia: la entrega absoluta al sueño. No obstante, ese reposo traía consigo una calidad tan precaria que, al despertar, su cuerpo se convertía en un mapa de entumecimientos y rigideces. Sus extremidades, perezosas y renuentes, apenas respondían a la llamada del movimiento, y sus primeros pasos tenían la torpeza de un pingüino recién desgajado del calor de su colonia.

La habitación, aunque de proporciones modestas, emanaba una calidez de esas que invitan a olvidar las distancias con el hogar. Desde su ventana, una calle menuda, inquieta, ofrecía el espectáculo del constante ir y venir de coches y transeúntes, pinceladas vivas sobre el lienzo del entramado urbano. El hotel, sin pretensiones, estaba limpio y ordenado, virtudes que bastaban para colmar la sencillez de su encanto, y su personal, hasta entonces representado únicamente por una joven que ocultaba el rostro tras una máscara, irradiaba un aire de amabilidad. El proceso de ingreso al hotel había sido ágil, facilitado por la ya adquirida destreza de Consuelo de desplegar sus documentos sobre el mostrador al menor requerimiento. La joven, atenta a cada detalle, le había asignado una conveniente habitación en la primera planta, no muy lejos del ascensor, consciente de que cada metro aligerado podía marcar la diferencia en los desplazamientos de su huésped. Además, como quien ofrece un obsequio, le entregó una hoja impresa en castellano que contenía los pormenores del alojamiento y las normas del hotel, acompañada de un pequeño mapa que, con líneas sutiles, señalaba los puntos de interés más relevantes de la zona.

El modesto establecimiento se alzaba en el vecindario de *Dadaocheng*, en las cercanías del mercado de Yongle, acomodado en una calle encantadora delineada por edificaciones que susurraban historias de épocas coloniales. Estos edificios, erigidos mayormente en el siglo XIX, exhibían un carácter singular, una fusión nostálgica de almacén y morada, engalanados con letreros que colgaban caprichosamente por doquier. Interminables soportales trazaban los contornos de los pequeños comercios, dispuestos con simetría a lo largo de cada cuadra, y cada columna soportaba el peso de historias tejidas en eras pasadas, rozándose con el bullicio vibrante del presente. Bajo estas arcadas, el eco de pasos y voces resonaba, tejiendo el ayer con el hoy en un flujo constante de memoria y movimiento. Cada rincón de este lugar murmuraba secretos del pasado a quienes se detenían a escuchar, envolviéndolos en el tejido vivo de la historia que aún palpitaba entre las piedras desgastadas por el tiempo. Esporádicamente, la aparición de algún pequeño templo interrumpía la uniformidad arquitectónica, enraizando aún más la densa historia del entorno. La zona se antojaba perfecta para Consuelo, cómoda de transitar con amplios espacios abiertos para viandantes y salpicada de múltiples bancos donde sentarse y dejarse llevar por las conversaciones cifradas de los habitantes del lugar.

Consuelo había encontrado reposo en uno de esos bancos estratégicamente dispuestos frente a un pequeño templo cercano, rebosante de vida y murmullos, como si las almas que lo visitaban dejaran en el aire el eco de sus anhelos. Custodiando el edificio, imponente y vigilante, la figura mitológica de Ye Lao, el dios de las uniones amorosas, se erguía como faro de esperanza para las numerosas parejas jóvenes que peregrinaban hasta allí en busca de la esquiva alma gemela. Para Consuelo, tales preocupaciones ya no tenían cabida; su media naranja se había consumido, dejándola en la soledad de aquellos que descubren que vuelven a estar solos. El tributo que había entregado a ese matrimonio había sido considerable: jornadas teñidas de rutinas interminables, labores domésticas que parecían multiplicarse y noches pobladas por insomnios obstinados. Una mezcla precisa, casi cruel, de sacrificio y desgaste que la había conducido a su estado actual, donde el recuerdo y el olvido se entrecruzaban enfermizos.

Había extraído su cuaderno de notas de las entrañas del andador, como un arqueólogo que desentierra un artefacto cargado de promesas, y ahora revolvía sus páginas, repasando las palabras clave que su investigación sobre la ciudad había subrayado. Se detuvo en una página concreta, inclinándose hacia ella con la devoción de un monje frente a un códice sagrado. Sus ojos escudriñaban las líneas mientras su cabeza asentía levemente y sus labios murmuraban, casi inaudibles, palabras que parecían rescatarse de un eco olvidado: "Santo Domingo", "fortaleza española". Aquellos términos, por razones que ni ella misma alcanzaba a descifrar, se habían convertido en un anzuelo para su curiosidad, una brújula que, tanto entonces como ahora, apuntaba con firmeza al norte de su jornada.

Con teléfono, mapa y cuaderno de notas desplegados como los instrumentos de un diestro cartógrafo, Consuelo emprendió el minucioso estudio del entorno, decidida a trazar la ruta que la conduciría a la fortaleza.

—A simple vista, el trayecto parece sencillo —murmuraba para sí, trazando con el dedo un camino imaginario a lo largo del río, pero era obvio que debía considerar las limitaciones de propulsión y flotabilidad de su modelo de andador.

Convertido el banco en su improvisada oficina de campaña, Consuelo navegó por la red, descifrando los detalles del histórico enclave que pretendía visitar. Como si los astros se hubiesen alineado en un caprichoso favor, descubrió que el recinto quedaba a solo un autobús de distancia y poco más de una hora de trayecto. Para ella, ese lapso no era más que un pestañeo, comparable a las mañanas en que, con el reloj suspendido, se dirigía al supermercado, compartiendo palabras y sonrisas con los vecinos del barrio que cruzaban su camino.

Con la planificación completa y su itinerario meticulosamente registrado en su cuaderno de bitácora, Consuelo empezó a maniobrar su teléfono, girándolo en todas direcciones, como si buscase descifrar los misterios de aquel sextante moderno. Cada movimiento reflejaba la búsqueda del ángulo preciso que marcara el inicio de su nueva empresa. No pasó mucho tiempo antes de que su empeño captara la atención de un caballero de cabello grisáceo que, desde la distancia, había estado contemplando la escena con una mezcla de curiosidad y simpatía. Con paso decidido, que denotaba cierta veteranía en los pequeños actos de bondad, el hombre se dirigió al banco donde Consuelo había establecido su improvisado cuartel, y la ofreció su ayuda.

Su primer intento de comunicación llegó en mandarín, con un torrente de palabras que desfilaban como una melodía incomprensible ante la mirada atónita de Consuelo. Al notar la confusión dibujada en su rostro, el caballero, no sin una breve pausa, cambió al inglés, hilvanando frases con la cautela de quien no quiere abrumar. Consuelo, aunque no descifró cada palabra, comprendió la intención del gesto y percibió aquella energía amable, inconfundible en quienes, como él, disfrutaban del lujo de un tiempo sin prisas.

Consuelo, como si buscara en su cuaderno la llave de un acertijo, señaló con el dedo los trazos de una palabra en letra temblorosa: *"Tamsui"*. Su voz la pronunció con la torpeza de quien navega en un idioma extraño, pero el hombre, con la intuición de un intérprete de silencios y trascendiendo las barreras del idioma, comprendió el mensaje al instante. Sin mayor dilación y con gesto decidido, extendió su brazo hacia el horizonte, señalando la dirección correcta. Allí, bajo los soportales, aguardaba, inconfundible, la parada del autobús, marcada con la sencillez de las cosas que no necesitan anuncio.

El caballero aguardó con paciencia, observando cómo Consuelo ajustaba su bolso y se preparaba para reanudar la marcha. Una vez lista, él la escoltó hasta la parada de autobús, avanzando juntos con un aire de serenidad compartida. El buen hombre no dejó de sonreír ni de hablar durante el trayecto, su tono amigable fluyendo como un riachuelo que no se detiene, mientras Consuelo, en un acto de cortesía y curiosidad, respondía con frases improvisadas, alineadas con lo que su intuición juzgaba adecuado.

A pesar de su edad, probablemente cercana a la de Consuelo, el caballero poseía una sorprendente agilidad. Sus movimientos, enérgicos y firmes, irradiaban una vitalidad que contrastaba con las pausas necesarias de su acompañante. Tras unos minutos largos, que se sintieron breves por el ameno intercambio de sonidos, llegaron a la parada, justo cuando el autobús se abría paso con paciencia entre el bullicio del tráfico en la lejanía.

Al detenerse el vehículo, el hombre, con voz firme, transmitió al conductor todo lo necesario, fruto de su monólogo casi ininterrumpido, asegurándose de que hubiera un espacio adecuado para Consuelo y su andador junto a la puerta. Consuelo, que lo había observado gestionar todo con la destreza de un maestro de ceremonias, le agradeció profundamente la atención. Y, para su sorpresa, lo hizo en un mandarín inesperado, pronunciando una frase que jamás nadie le había enseñado, pero que su mente había asimilado y liberado en el momento adecuado.

Transcurrida exactamente una hora, el autobús detuvo su marcha con una suavidad que parecía calculada para no perturbar el sosiego del pasaje. El conductor, con la naturalidad de quien está habituado a cuidar de los suyos, se dirigió hasta el asiento donde Consuelo reposaba y, extendiendo su mano curtida por años de trabajo, se dispuso a asistirla con el andador.

—¿*Tamsui*? —inquirió Consuelo, evocando el nombre de su destino sin detenerse a afinar los matices tonales que el chino exige para no desdibujar el sentido de las palabras.

El conductor asintió con una leve inclinación de cabeza y, con gentileza, descendió del vehículo llevando consigo el andador todavía plegado. Los autobuses de Taipéi, a diferencia de los colosos rodantes a los que Consuelo estaba acostumbrada, eran de proporciones más humildes, diseñados para sortear con agilidad las serpenteantes callejuelas de la capital, donde cada esquina parecía desafiar a la siguiente.

Con los pies ya firmemente plantados sobre el asfalto, el conductor, en un gesto amplio y expresivo, alzó el brazo y señaló la dirección que habría de llevar a Consuelo a su ansiado destino. Un "*xièxie*" brotó de sus labios, resonante y lleno de gratitud, vibrando en el aire.

Radiante y orgullosa, Consuelo se deslizaba ahora por el paseo que abrazaba el río, tocayo de la ciudad, empapándose del aroma vivo del mundo que la rodeaba. En su tierra natal, no pocos la habían relegado a la categoría de estorbo, juzgándola incapaz de casi todo al primer atisbo del andador, que su familia le había regalado con cariño para insuflarle el valor de caminar sin temor a las caídas insensatas, capaces de confinarla entre las cuatro paredes de su hogar, acelerando su declive. Nadie, ni siquiera ella en sus momentos de duda más profunda, habría imaginado que esta elocuente y tenaz señora podría desplegar su ser en un país ajeno, envuelta en una lengua que le era desconocida, armada únicamente con su férrea voluntad como coraza y la espada afilada de su curiosidad insaciable.

El tiempo transcurría y Consuelo, absorta en el pasar del río, que parecía murmurarle historias del pasado, caminaba con la tranquilidad de quien no teme perderse. Su recorrido, como todos, tocó un fin inesperado: una valla, fría e intransigente, se alzó en su camino, orillándola sin lugar a réplica hacia la derecha, dejándola como única alternativa desviarse o, en un lance más audaz, lanzarse al agua. Sin demasiada elección, Consuelo se encontró avanzando directamente hacia una carretera, vibrante de actividad, donde vehículos de toda índole, incluidos los de gran tonelaje en versiones inusitadamente reducidas, ensayaban un caótico vaivén. Consultó el itinerario en su teléfono, y allí, justo al otro lado de la vía, se erigía su destino: la meta de su jornada. Frente a ella, la carretera se desplegaba como un río de asfalto, y su corriente frenética se imponía como el último escollo que debía sortear a lomos de su fiel corcel metálico, para alcanzar la fortaleza.

La Fortaleza de Santo Domingo, erigida por los colonos españoles en el siglo XVII, se alzaba con la altivez de un testigo mudo, custodio de los turbulentos episodios que cincelaron la historia de Taiwán. En sus albores, fue una humilde construcción de madera, levantada con el sudor de sus fundadores, solo para ser devorada por las llamas que ellos mismos encendieron al perder la segunda batalla de San Salvador frente al colosal empuje del Imperio Neerlandés. No fue su final, sino el preludio de una nueva encarnación: capturada y reconstruida en piedra por los holandeses, la fortaleza se transfiguró en emblema del dominio colonial, un bastión férreo que con el tiempo pasó a ser un baluarte militar bajo la égida de la dinastía Qing.

A finales del siglo XIX, cuando la sombra del colonialismo comenzó a desteñir, sus estancias se consagraron al servicio del consulado británico, donde, por más de un siglo, se libraron sutiles batallas diplomáticas y se tejieron las intrincadas redes del intercambio cultural. Sus muros de ladrillo rojo, saturados de memorias e impregnados de un tiempo detenido, resonaban con las voces apagadas de aquellos que habían habitado sus pasillos y contemplado las hermosas vistas que aún se extendían sobre la región. Consuelo, al explorarlos, percibía en cada rincón el aliento de un pasado que se resistía a desvanecerse.

Había deambulado por los pasillos y soportales del edificio por espacio de una hora, que bien podría haber sido un siglo, absorta en un vano intento de evocar las sombras de aquellos que, en épocas remotas, lo habitaron, envueltos en el trajín de sus preocupaciones y en la urgencia de sus decisiones, mientras los ecos parecían confundirse con el susurro del viento entre las arcadas. Un sentimiento ambiguo, mezcla de patriotismo y desazón, se entremezclaba en su pecho.

—¿Qué andarían buscando aquellos españoles tan lejos de su tierra? —se preguntaba con cierta melancolía, mientras su mente rememoraba la imagen de los primeros exploradores de la era del imperio español, surcando océanos indómitos en aquellos imponentes navíos de madera. Barcos que, quizá, habían nacido del sudor de sus propios ancestros, en los laboriosos astilleros del norte, sobre los que flotaban las leyendas familiares como velas al viento.

Con una última mirada a los soportales, que se despedían de ella con respeto, Consuelo dirigió sus pasos hacia el río. Allí, un enjambre de jóvenes descendía por la carretera que conectaba con el sendero abierto hacia la fortaleza. El vigor y la algarabía del grupo le imprimieron un nuevo ímpetu. Dejándose arrastrar por su energía, aunque a su propio ritmo, decidió acompañarlos y recorrer el paseo que cruzaba la ciudad de un extremo a otro; después de todo, no tenía prisa alguna, y el esplendor del paisaje, con su luz dorada reflejando los contornos de la tarde, bien merecía ser saboreada.

El sol, aún en su cenit, desplegaba su luz con una intensidad que parecía rescatar cada sombra del paisaje. Consuelo avanzaba con paso paciente, serpenteando entre los estrechos caminos que flanqueaban el río y la carretera, hasta desembocar en un paseo moderno y generoso que se extendía a lo largo de la ribera, hasta donde la vista alcanzaba. Con cada paso, tras el largo deambular, su cuerpo, fiel cronista de sus exigencias, comenzaba a alzar la voz en demanda de sustento. Consuelo, de paladar humilde y corazón agradecido, habría encontrado el paraíso en un par de huevos fritos y un trozo de pan crujiente; pero, en aquellas latitudes, tan sencillos manjares se antojaban como perlas negras, raros y esquivos. Resuelta a saciar las demandas de su estómago, sus ojos, cual vigías expertos, comenzaron a escrutar meticulosamente los letreros de los comercios aledaños al paseo, buscando algo que sedujera a su apetito y calmara el ronroneo hambriento que crecía en su interior.

De repente, algo quebró la monotonía del intrincado enredo de símbolos que poblaban los carteles en mandarín: un rotundo y familiar *"Castella"* resonaba entre los muros de una pequeña lonja. Como si el andador poseyera voluntad propia, cambió su rumbo, y Consuelo no tardó en dirigirse hacia el mostrador, donde un monumental bizcocho esponjoso reinaba con altanería, seccionado en piezas del tamaño y la firmeza de un ladrillo, pero con la promesa de la suavidad del algodón.

Aprovechando que un grupo de estudiantes bulliciosos acababa de alejarse, Consuelo se acercó más al mostrador y, con una mezcla de curiosidad y hambre contenida, alzó el dedo índice para señalar una de aquellas tentadoras porciones del bizcocho. Con una sonrisa franca y un castellano impecable, solicitó al vendedor una ración de aquel pastel, sin percatarse de que estaba a punto de saborear un emblema repostero, obra de orgullo local.

El vendedor, con un gesto cordial, le devolvió la sonrisa mientras envolvía la pieza con la misma destreza que un artesano cuidando su obra maestra, en un papel tan delicado como el manjar que protegía, y la acomodó en una pequeña caja de cartón rojo. Un aroma dulce y envolvente se desprendía de la confección, impregnando el aire y despertando en Consuelo una expectación voraz. La fragancia parecía tejer un hilo invisible que no solo unía su nariz con el pastel, sino que también atraía a otros transeúntes, seducidos por la sinfonía del esponjoso ladrillo.

Consuelo saldó la deuda y, con el dulce botín cuidadosamente resguardado entre las manos, se deslizó con elegancia entre el ajetreo que aún envolvía el puestecillo. Se alejó en busca de un rincón donde el bullicio de la gente cediera paso al murmullo de sus pensamientos, un lugar apacible donde pudiera deleitarse con su hallazgo. Caminó hasta un banco solitario, apostado en la orilla del paseo, desde donde el río, manso y silencioso, seguía su curso bajo la mirada de un sol que se desvestía de luz, despidiéndose poco a poco del día con un lento descenso hacia el horizonte.

Consuelo se acomodó en el banco, permitiendo que el andador reposara como un centinela fiel a su lado. Abrió con esmero la delicada caja que custodiaba su cena, liberando un aroma cálido y dulzón. Ante sus ojos, el bizcocho, sublime mezcla de raíces lusitanas y el refinamiento de la tradición japonesa, aguardaba como un regalo del tiempo. Consuelo tomó una porción, casi con miedo a aplastarla, y, mientras su mirada se perdía en el discurrir sereno del río, se entregó a disfrutar del manjar.

Pasada ya una hora, la tarde comenzaba a declinar, y las luces del paseo se encendían en destellos intermitentes, como estrellas urbanas que anunciaban la llegada de la noche. Las embarcaciones que antes surcaban el río de una orilla a otra iban escaseando, mientras la multitud, que hasta hacía poco llenaba el paseo de murmullos, se dispersaba hacia rincones más íntimos de la ciudad. Los comercios, uno a uno, cerraban sus puertas, dejando tras de sí ecos de risas y pasos. Fue entonces cuando Consuelo, con un leve suspiro, pensó que era momento de retirarse. El camino de regreso estaba, en esta ocasión, trazado en su memoria con nitidez; después de todo, solo un río discurría por la ciudad.

Se encaminó hacia la parada del autobús, y, en esta ocasión, no se divisaba alma alguna que pudiera hacer las veces de traductor. Sin embargo, aquello no alteró su serenidad; al fin y al cabo, el peor de los desatinos sería pasarse de su destino o bajar antes de tiempo, contingencias que no la inquietaban y que incluso le ofrecían un motivo para prolongar la aventura.

Cuando el autobús llegó, deteniéndose con suavidad, Consuelo vio aparecer una figura conocida. Era el mismo conductor que la había llevado en su trayecto inicial y que, con una sonrisa cómplice, ya se disponía a asistirla en el ascenso. Ella ocupó el asiento contiguo al que había elegido anteriormente, ajustó los frenos del corcel y permitió que el vehículo la envolviera con su ronroneo constante. El autobús se deslizó por la ciudad, que ahora se vestía con los ropajes brillantes de la noche.

En el retorno, las calles destilaban un semblante aún más animado. Los carteles luminosos, hasta entonces aletargados, desplegaban su esplendor, tiñendo las fachadas con colores vibrantes que se colaban por las ventanas del autobús a su paso. Cada letrero, grande o pequeño, alargado o encajado en los recovecos de las fachadas, parecía una obra de arte viva, más allá de cualquier significado que pudiera ofrecer el mandarín que los dominaba. Consuelo, maravillada por el espectáculo y empujada por una curiosidad insaciable, no dejaba de absorber cada estímulo que las calles ofrecían, desde las amplias avenidas hasta los callejones más angostos que se perdían en la penumbra. Entre destellos y reflejos, tomó su cuaderno de notas y, con el mismo fervor con el que observaba, se dedicó a plasmar las vivencias del día, al menos aquellas que aún vibraban en su memoria.

Había transcurrido poco más de una hora de viaje cuando algo, quizá un leve roce del subconsciente, detuvo el fluir errático de sus pensamientos y guió su mirada hacia el pequeño templo donde, horas atrás, había comenzado su andadura. Sin detenerse a razonar, como obedeciendo a un impulso inscrito en la memoria de sus músculos, pulsó el botón azul que llamaba al alto del autobús y comenzó a prepararse para descender.

En otro tiempo, en un día común y corriente, podría haber sido víctima del desconcierto, especialmente en parajes nunca antes transitados. Pero algo había cambiado, algo que yacía más allá de su percepción consciente. Desde su llegada a aquel país, un resurgimiento sutil pero firme parecía emerger de los cimientos de su mente. Una amalgama de estímulos, imágenes, aromas y sonidos había penetrado en el laberinto de sus recuerdos, despertando ecos que creía ya olvidados. Su cerebro, atenazado por el paso de los años y desgastado por las embestidas de la memoria, comenzaba a operar con una frescura inesperada. Había claridad en su pensar, una fluidez que se manifestaba a ráfagas y que, en la monotonía solitaria de su apartamento, rara vez se presentaba. Algunas de sus preocupaciones más enraizadas, aquellas obsesiones que la ataban con celosías invisibles y que, cuando las compartía con su familia, resonaban con incoherencia, parecían ahora disiparse. La libertad del movimiento, el tiempo dedicado exclusivamente a sí misma y la imperiosa necesidad de hacerse entender en una lengua ajena habían abierto un pasadizo a la lucidez. Incluso sus piernas, antes reacias y lastimadas por la inacción, se habían vuelto un poco más dóciles bajo la disciplina de las largas caminatas a lomos de su fiel corcel azulado. ¿Dónde quedaban esos días en los que incluso recorrer los cuatrocientos metros que la separaban de su ansiada piscina se tornaban en tortura y pura negación? ¿Dónde se escondían ahora las cadenas de aquella negación, alimentada tanto por la sombra de sus recuerdos como por la ausencia que había marcado su vida?

Cuando cruzó el umbral del hotel, un aire de triunfo la envolvía. Saludó con cortesía al personal enmascarado y, entregándose al chirriar del ascensor, dejó que la transportara hasta la serenidad de su guarida.

EL MONTE ELEFANTE

No era ni tarde ni temprano cuando el reloj biológico de Consuelo emitió la silenciosa orden de levantarse. Como tantas otras mañanas, sus piernas, con la obstinación de viejos robles, se resistían a obedecer, endurecidas y reticentes, dificultando sus primeros pasos. Aquella mañana, su espíritu parecía arrastrado por la misma pesadez que se aferraba a sus extremidades, robándole parte de la energía que usualmente la acompañaba. Sin embargo, esto no la detenía y recorría la habitación en círculos, empecinada en alinear su cuerpo con la cadencia del día que comenzaba, rememorando los buenos momentos de la jornada pasada.

El cuaderno de bitácora yacía entreabierto sobre el escritorio, como si una mano invisible y caprichosa lo hubiese hojeado durante la noche sin devolverlo a su estado original. La página visible mostraba anotaciones dispersas que coincidían con los puntos señalados en el mapa que la recepcionista le había entregado a su llegada. Nadie más había entrado en la habitación, algo que Consuelo comprobó meticulosamente varias veces antes de entregarse al sueño. Así pues, la única explicación plausible, aunque insólita, apuntaba a lo sobrenatural. —Espíritus—, pensó ella. De haber estado en el refugio de su apartamento, su lógica habría seguido un curso muy distinto, probablemente inclinándose a atribuir la perturbación del orden de su cotidianidad a visitantes nocturnos, espectros del pasado que, como ecos lejanos, irrumpían en el presente para confundir su futuro.

En los últimos años, y como secuela de los tiempos pasados, el límite entre la realidad y la ficción se había estrechado hasta, en momentos, casi desvanecerse. Los males de la mente, que se habían aferrado a su sino, la asediaban con visiones inauditas y lógicas tambaleantes que, aun así, ella defendía con la solidez de un bastión. A menudo, la falta de paseos y la soledad de su apartamento enraizaban aún más estos pensares en las profundidades de su subconsciente, precipitando episodios de vulnerabilidad, miedo y desánimo. Pero ahí estaba ella, en su destino soñado, rumiando absurdeces que su mente, en un arrebato de ironía, tomaba por verdades incontestables.

Pasaron un par de horas hasta que, después de merodear sin descanso por la habitación, los engranajes se movían sueltos y sin chirridos. Ya estaba pertrechada de arriba abajo, lista para lanzarse a la calle, y el andador cargaba con todo lo necesario para la jornada, básicamente de todo. Abrió la puerta y, desde el umbral, echó un último vistazo a la estancia. —¡Listo! —, exclamó para sí misma, cerrando la puerta con determinación. Una vez en la calle, avanzaba sin rumbo fijo entre los soportales, olfateando los manjares que se desplegaban a su paso en busca de café, sabiendo que allí la cultura del café no tenía el mismo arraigo. La mayoría de los locales eran pequeños, con un estrecho mostrador al frente y mesas metálicas flanqueadas por banquetas de plástico en colores vivos. El andador se detuvo ante una vitrina de cristal que hacía las veces de mostrador, caja registradora y cocina. Un manojo de churros se ofrecía a su vista, reposando en un bol de metal de proporciones singulares. Decidida, con el dedo en alto y una sonrisa en los labios, llamó la atención de la dependienta, probablemente la propietaria, quien la invitó a sentarse, apartando las pequeñas banquetas para dar paso al carruaje. Café no tenían, pero junto a los churros, la dependienta trajo un vaso de cristal rebosante de leche de soja, ligeramente salada. Inesperada pero deliciosa, con una textura ajena a esas insípidas bebidas de caja que, en alguna que otra ocasión, había probado y detestado bajo la férrea imposición de su hija —siempre obstinada en explorar dietas nuevas y más saludables—, Consuelo disfrutó de la bebida.

Había pasado un rato entretenida, mojando los churros en la leche de soja, cuando su teléfono rompió la tranquilidad con su insistente sonar. Dejó el churro sobre el borde del vaso, alargó la mano y tomó el aparato. Como era costumbre, su mente vaciló unos segundos entre el botón rojo y el verde, hasta que finalmente atinó y respondió con firmeza: —¿Sí?—. Un breve silencio se extendió al otro lado de la línea, seguido por una voz que rompió el mutismo: —¿Consuelo? ¿Te acordás de mí? Soy Eduardo, el chico del aeropuerto—.
La conversación no se alargó mucho, pero lo suficiente para devolverle la energía que la mañana le había escamoteado. Eduardo se había acordado de ella y la llamaba desde el tren, de regreso a Taipéi desde el aeropuerto. Había concluido su jornada antes de lo previsto y, con algunos recados pendientes, planeaba aprovechar la cercanía al hotel donde se hospedaba Consuelo para visitarla.

Guiado por la sencilla descripción del local —aquel donde una mujer muy amable vende churros junto al hotel—, Eduardo se presentó en el pequeño café al cabo de un rato. Consuelo, sumida en sus labores de documentación, registrando con esmero todos los detalles del desayuno en su cuaderno de notas, no se había percatado de su llegada. —¡Buenos días! —, dijo Eduardo, acercándose a la mesa con paso decidido. Consuelo se levantó y, sin mediar palabra, le brindó un saludo típico, incluyendo los dos besos de rigor en la mejilla, un gesto que no tomó a Eduardo por sorpresa.

El apuesto muchacho, vestido con la misma indumentaria que el día que se conocieron, parecía aún más alto y elegante. Habían compartido una conversación que se extendió por al menos una hora, salpicada de carcajadas y sonrisas cada tres palabras, como si fuesen amigos rescatados de la niñez. Una vez más, quedaba claro que la diferencia de edad no constituía barrera alguna para el animado intercambio de palabras que fluía entre ellos.

Eduardo había planeado un par de actividades para la jornada, aunque esgrimía los recados por la zona como excusa para su visita. Desde su más temprana infancia, Eduardo había sido el apoyo lingüístico de sus padres, gracias a su precoz talento para los idiomas. Se ocupaba de gestionar los documentos de la empresa, atendía las llamadas telefónicas e incluso hacía las veces de intérprete para resolver los enredos burocráticos de la familia. Por ello, consideraba que dedicar algo de su tiempo a aquella amable dama no solo sería un acto de cortesía, sino también una oportunidad positiva y beneficiosa para ambos.

Consciente de las limitaciones de movilidad de su recién hallada compañera, había elegido un par de sencillos destinos turísticos para la jornada, ambos accesibles mediante el transporte público. Justo cuando empezaba a enumerar las posibilidades, Consuelo lo interrumpió con una idea repentina, posiblemente fruto de conversaciones anteriores.

—Me gustaría ir al monte. He visto que hay un mirador desde donde se domina toda la ciudad —declaró Consuelo, con un brillo de aventura en los ojos.

El rostro de Eduardo se transformó en un poema; tal posibilidad jamás había rondado sus pensamientos, de hecho, sería lo último que consideraría bajo esas circunstancias.

—¿Al monte? ¿Se refiere a *Xiangshan*, el Monte Elefante? —preguntó, con la voz teñida de asombro.

—No estoy segura de su nombre, pero desde que he llegado aquí he visto docenas de imágenes de la ciudad tomadas siempre desde ese mismo punto en el monte —respondió Consuelo con una serenidad que desmentía la audacia de su propuesta.

Eduardo cogió su móvil y comenzó a trazar los enigmáticos caracteres en su pantalla.

—No era lo que había planeado, pero ¿por qué no? —contestó finalmente, aferrándose al borde de la mesa con ánimo de levantarse.

Dejaron atrás el pequeño restaurante y se encaminaron hacia el metro que les llevaría al otro extremo de la ciudad. El aire era caluroso y la humedad se condensaba, casi palpable, como si pudiera degustarse simplemente abriendo la boca. La avenida se encontraba nuevamente rebosante de vida y los transeúntes, mayormente personas de piernas maduras, curioseaban entre los diversos comercios, en su mayoría portando bolsas de plástico adornadas con franjas verticales de tonos rojizos, como si un acuerdo tácito los hubiera guiado a comprar en el mismo lugar. Eduardo marcaba el compás, y ambos caminaban juntos, el uno al lado del otro. La conversación, ligera y amena, discurría entre temas culinarios, música y diferencias culturales, prestando escasa atención al bullicio que los rodeaba.

Habían recorrido casi en su totalidad la extensión de la avenida hasta desembocar en la estación de *Beimen*, lugar donde, durante los días de la dinastía Qing, allá por el siglo XIX, se erigió una de las cinco puertas originales de la antigua muralla que circundaba la ciudad, la Puerta del Norte, que daba sentido a su nombre en mandarín.

De una estación a otra, el trayecto apenas se dilató más de un cuarto de hora y, al emerger a la superficie, la estación de *Songshan* se dibujó ante sus ojos. Tomaron un atestado autobús que les aproximó todo lo posible a su destino, hasta el lugar donde la fila de edificios comenzaba a dispersarse, dejando a la vista las lomas de las montañas, que se mostraban en la lejanía; era como si los árboles se confundieran con el verde y denso musgo que suele decorar los belenes navideños. La calle desembocó en un sendero que, a su vez, dio paso a otra vía donde una acera rojiza hacía de límite entre los vehículos y los peatones. La vegetación se agolpaba a ambos lados del camino, y pronto se hizo evidente que no solo había árboles, sino también arbustos de hojas gigantescas y especies similares a palmeras sin tronco, cuyas frondosas copas emergían directamente del suelo. El aire se sentía puro y saturado de oxígeno, lo bastante como para mantener la energía y el vigor con los que Consuelo azuzaba a su andador. De trecho en trecho, el camino se salpicaba de escalones que complicaban el esfuerzo de avance y conferían al conjunto un carácter casi surrealista.

Las conversaciones fluyeron sin interrupción, andador arriba, andador abajo, hasta alcanzar lo que parecía ser verdaderamente la base de la montaña. Allí se encontraba una plaza pequeña, embellecida con numerosas estatuas de elefantes capturados en curiosas posturas, cual novicios en el arte del yoga. Unas escaleras robustas y visiblemente irregulares se erigían como custodias de la plaza, adentrándose en el misterio de los árboles. Incluso el andador habría capitulado ante tal desafío; sin embargo, su obstinada propietaria no mostraba signo alguno de renunciar a su empeño y ya exploraba el terreno, en busca del lugar adecuado donde apear al corcel y prepararse para acometer el reto de ascender los escalones.

Con Eduardo del brazo, iniciaron la escalada de los cuatrocientos cincuenta metros que los distanciaban del mirador. Las conversaciones, antes fluidas y vivaces, se iban languideciendo, ahora entrecortadas por profundas respiraciones que intentaban absorber de cada inhalación hasta la última molécula de oxígeno, vital para vigorizar las piernas. A veces, el silencio se adueñaba de los breves momentos de descanso entre un peldaño y otro. Una brisa fresca y suave mecía las hojas de los árboles, como si aplaudiera la proeza y les insuflara un ánimo renovado. Cada paso, saturado de esfuerzo, contaba en la medida de la distancia superada, al tiempo que los aproximaba al ansiado mirador, dejando tras de sí un rastro de superación y constancia.

Alcanzaron el mirador y el esfuerzo dejó de cuantificarse en minutos y escalones. Las vistas eran sobrecogedoras, y no tanto por replicar las imágenes de la ciudad que habían visto en las fotografías, sino por vivir ese instante allí, con sus propios ojos. La emoción trascendió la expectativa, y una mezcla de coraje y orgullo se intuía en cada lágrima que rodaba por sus mejillas. Era ella la que se erigía en la montaña, y no alguno de esos narradores ocasionales. Era ella quien contemplaba el mundo desde aquel mirador, sin corazas, sin andador, apoyada en el brazo de un casi desconocido que, quizás sin pretenderlo, le había brindado uno de los mayores regalos de su vida.

Se sumieron en un silencio compartido. Eduardo, consciente del significado del instante desde que habían alcanzado la plataforma, se mantenía expectante. El brazo de Consuelo se había ceñido al suyo con más firmeza en aquellos últimos metros, y romper el silencio en ese instante habría sido también revelar la emoción que él mismo trataba de contener.

El atardecer había empezado a ceder terreno ante la noche y el sol, reticente y cansino, se escurría entre los edificios que se desvanecían en el horizonte. La escena era sobrecogedora, impregnada de una paleta de cálidos naranjas, rosas y púrpuras que se desplegaban por el cielo y salpicaban las ventanas de los edificios con manchas de luz. Eduardo, queriendo atrapar el instante, había captado un par de fotografías, y ahora ambos se disponían a emprender el descenso.

Habían permanecido allí, reposando en un viejo banco de madera durante un buen rato, completamente absortos en el paisaje y el espectáculo visual que el sol había escenificado para ellos, casi sin apenas percibir la sensación de paz que envolvía el entorno. La conexión con la naturaleza se reflejaba en sus ojos y se dibujaba en sus sonrisas.

—Por aquí anduvieron mis antepasados —comenzó Eduardo mientras descendían los primeros escalones—. En una de las leyendas se cuenta que, en tiempos inmemoriales, un elefante celestial descendió a la tierra y se enamoró de este paisaje. El elefante decidió quedarse aquí para proteger a los habitantes de la región y compartir con ellos su sabiduría. Se dice que, al caer el sol, el espíritu del elefante aún se percibe en la ladera, otorgando calma y serenidad a quienes la transitan —concluyó.

Consuelo permaneció en silencio, sumida en sus pensamientos por unos instantes. Había atravesado más de diez mil kilómetros y ascendido seiscientos escalones para alcanzar aquel instante, rodeada de montañas con nombres de bestias, sin su andador y del brazo de un desconocido, solo para confirmar que estaba viva. La narración del elefante había reavivado en su memoria un recuerdo casi olvidado de su infancia, ahora solo perceptible en los matices de blanco y negro de aquella pequeña fotografía que guardaba celosamente en su cartera: la imagen de una niña que, de la mano de su padre, ascendió por primera vez a la Montaña de Covadonga. El momento, tal vez orquestado por la fuerza invisible del espíritu del elefante o por la mera ilusión de sentirse nuevamente viva, arrancó de sus ojos un par de lágrimas de felicidad. Era como si su padre, y no Eduardo, la sostuviera del brazo, guiándola con cariño en su descenso a través de los árboles.

—Gracias, muchacho —musitó.

EL MERCADO

El tramo final hasta la pequeña plazoleta, flanqueada por los elefantes de piedra que parecían custodiar un tiempo ajeno al presente, transcurrió envuelto en una atmósfera liviana, casi impalpable, donde las risas brotaban de nuevo entre los árboles, llenando el aire con conversaciones renacidas. Desde los últimos peldaños ya se vislumbraba al apacible corcel, apostado con la paciencia de quien cumple su deber, aguardando el regreso de su dueña exactamente en el lugar donde lo habían dejado. Eduardo, siempre adelantándose al curso de los acontecimientos, propuso, sin demora, regresar al autobús que habría de conducirlos a su próximo destino.

El andador tomó la cabecera y, al frente, como estandarte de la procesión, desanduvieron el sendero con un ritmo inusitadamente ligero, impulsados tanto por la pendiente descendente como por el aire vivificante que la montaña parecía insuflarles.

La travesía por las laderas de la montaña, envueltos en la espesura verde de sus costados y acariciados por el aliento fresco de su brisa, que descendía como un suspiro generoso, había creado entre ellos un vínculo inesperado. En el cobijo de la compañía habían hallado el coraje para desvelar esos sentimientos que, en otros contextos, habrían permanecido ocultos, tildados de flaquezas. Consuelo, como transportada más allá de lo corpóreo, experimentaba en sus carnes las dulces secuelas que un grato recuerdo provee, reviviendo los instantes más dichosos de su infancia. Tal vez fue la humedad que cargaba el aire con fragancias concentradas, o la polifonía visual de tonalidades verdes y azules que se desbordaba ante sus ojos, o el susurro del viento que acariciaba el follaje con la delicadeza de un secreto. Quizá fueron las palabras pronunciadas por Eduardo o el simple latir de la emoción durante el ascenso. Lo cierto es que algo, indefinible y precioso, había penetrado su ser con sutileza, y tanto Consuelo como su memoria se habían entregado al unísono en su cruzada de olvidarse de olvidar, sintiendo cómo ese instante la reconectaba con la lejanía de su Ebro, su Toloño y su Auseva.

Descendieron del autobús en una calle vibrante, a

un paso de la estación, y continuaron a pie, como quienes se adentran en el pulso vivo de la ciudad. La muchedumbre copaba la única acera practicable, serpenteando a lo largo de la vía con torpeza. Al llegar a la encrucijada con una calleja más angosta, el bullicio se intensificó, y la multitud, ahora, se apiñaba bajo un imponente arco que parecía custodiar el portal hacia otro mundo. Las luces, engarzadas hasta en el último intersticio, tejían un espectáculo lumínico que bordeaba la exageración, mientras dos búhos grabados en los costados del dintel parecían observar, con muda sabiduría, el flujo incesante de almas. En el panel central del arco, un letrero replicaba, con la simplicidad de quien no necesita presentación: "Mercado nocturno de *Raohe*". Y, aunque las palabras se mostraban parcas en su promesa, los aromas vibrantes y el rumor del tumulto delineaban con claridad su propósito: la cena.

Antes siquiera de franquear el arco en su totalidad, los ojos de Consuelo se prendieron, con la avidez de un infante, en los panecillos rellenos que, como joyas doradas, se ofrecían en el altar de una orquesta culinaria. Allí, bajo delantales de un naranja encendido, los cocineros se movían con precisión, coreografiando los bollitos como si cada uno fuese un tesoro. La expectación del público, alineado con rigor casi marcial, añadía solemnidad al espectáculo mientras esperaban su turno.

Eduardo avanzó hacia una mesa metálica que servía tanto de caja registradora como de estación de trabajo para los encargados de las verduras, los asados y la carne. Entabló un diálogo fugaz con el joven *encargado*, señalando con discreción hacia Consuelo, quien, sumergida en sus cosas, repartía sonrisas entre los espectadores que, casi al unísono, se habían vuelto para observarla.

Eduardo regresó triunfante, con un bollito de pimienta en la mano que parecía contener, no solo el condumio, sino la chispa del momento. No era el tipo de pan que había anticipado; se asemejaba, en su forma, a un bollito preñado, pero, en lugar de chorizo, estaba relleno con carne de cerdo marinada en pimienta negra y aderezada con toneladas de cebollino, cortado con tal precisión que cada pieza parecía una brizna de jade pulido.

Retomaron la marcha, como jinetes urbanos en una travesía de sabores y olores. Consuelo guiaba el andador con una mano mientras, con la otra, devoraba el bollito de pimienta, que parecía intensificar su sabor con cada mordisco. En su avance, sin premeditación ni mala fe, arrollaba a algún que otro transeúnte despistado, obligándola a esbozar disculpas que, agitadas con un leve cabeceo, comenzaban a perder frescura y efecto. El mercado, extendido como un tapiz interminable a lo largo de la vía, se organizaba en secciones que desbordaban ingenio. La primera parte apenas logró capturar su atención, pues aún permanecía ensimismada en el regusto penetrante del bollito. Conforme avanzaban, la diversidad del mercado florecía a cada lado del sendero, salpicado por puestos de piedras talladas y flores exóticas que se sucedían. Lentamente, las piedras cedieron su espacio a los puestos de comida, y la atmósfera, saturada de aromas entre lo deleitable y lo desafiante, envolvía a los paseantes en una campaña olfativa ineludible.

Unos pasos más adelante, Eduardo se detuvo frente a un puesto que parecía dominar el aire con su aroma profundo y avasallador. Era un olor denso, que se adhería al alma como una experiencia punzante, el tipo de hedor que fuerza a los sentidos a someterse y deja una huella indeleble en la memoria. Eduardo, con la ligereza de quien conoce el arte de las pequeñas negociaciones, comenzó a charlar con la dependienta. Entre gestos y sonrisas, señaló hacia una mesa cercana que contaba con un par de banquetas vacías, suficientemente espaciosas para acomodar el andador.
Consuelo, comprendiendo el mensaje al instante, se abrió paso entre el gentío, estacionando el andador con precisión en doble fila, una maniobra que parecía tan natural como necesaria. Acomodada, empezó a hurgar en su bolso, ese pequeño universo caótico que contenía las posesiones de su vida itinerante. Fiel al espíritu de su tierra, donde la

tradición dicta que cada quien debe pagar su ronda cuando la ocasión lo amerita, Consuelo se empeñó en no ser una excepción, y, aunque ignoraba el coste exacto de los manjares, su testarudez triunfó. Con un gesto firme saldó la cuenta, que al cambio apenas ascendía a un par de euros. Eduardo, complacido por su determinación, aceptó su gesto con una condición: invitarla después a una bebida.

Eduardo tomó asiento con parsimonia, sosteniendo en sus manos dos cuencos metálicos y un plato colmado de aromas, en forma de cubos irregulares, acompañados de puerros y encurtidos. Empuñó una cucharilla plateada, de aquellas cuyo diseño revela su origen, y sirvió un par de pedazos del manjar en el cuenco de Consuelo. El aroma que ascendía del tazón, denso y desafiante, parecía una provocación al olfato.

—No te preocupes, sabe mejor de lo que huele —afirmó, anticipándose al inevitable comentario de Consuelo—. Es sopa de tofu fermentado con sangre de pato coagulada —añadió, justo en el momento en que Consuelo, sin sombra de duda, engullía uno de los pedazos de tofu.

—¡Está muy bueno! —exclamó ella, con la convicción que solo otorgan las papilas gustativas satisfechas, deleitándose ahora con el resto de los tropezones.

Eduardo, resignado a la facilidad con la que Consuelo desarmaba sus expectativas, meditaba sobre lo difícil que era sorprenderla y lo sencillo que resultaba contentarla con gestos mínimos. Había imaginado, aunque fuera por un breve instante, que vacilaría ante aquel manjar, bastardo ilustre de la alquimia inadvertida que los tiempos imperiales de la dinastía Qing habían dejado como legado. El aroma, profundo y ácido, era casi una declaración de guerra, donde la fermentación libraba su batalla química entre bacterias, levaduras y mohos, exudando ácidos grasos y sulfuros que, lejos de ahuyentar, se erigían como himno de los paladares locales. Y, sin embargo, ahí estaban ambos, entregados a una cena típica en un escenario que, para ella, difícilmente podía considerarse ordinario. Aunque, de vez en cuando, Consuelo, con mirada traviesa, escudriñaba los alrededores como si esperara encontrar un trozo de pan sobado, reliquia de su tierra, para sumergirlo en el cuenco.

La velada transcurría sin prisas, con el tiempo suspendido entre los aromas y las luces del mercado. Una vez que Consuelo concluyó la tarea, casi ritual, de registrar en su libreta los manjares degustados, ambos se levantaron, envueltos en esa satisfacción que infunde una buena comida. Con los ánimos renovados y la curiosidad encendida, se aventuraron de nuevo en el deslumbrante caos de puestecillos arropados por carteles luminosos, cuyos significados seguían deslizándose entre los pliegues de la comprensión de Consuelo como un misterio inasible.

No tardaron en hacer una nueva parada ante un modesto puesto que ofrecía, según parecía a primera vista, zumo de naranja. Sin embargo, la sorpresa se reveló al primer sorbo: no era otra cosa que jugo fresco de caña de azúcar, extraído con un esmero artesanal, casi rústico, utilizando una pequeña prensa eléctrica que ronroneaba eufórica mientras extraía aquel zumo, constriñendo las cañas hasta convertirlas en una masa sin forma. La vendedora, de sonrisa acogedora, entabló conversación con Consuelo, mientras Eduardo observaba la escena con calma desde la barrera. Señalando los precios con el dedo, Consuelo trataba de descifrar su relación con los tamaños de los vasos. Por su parte, la vendedora, con una energía contagiosa, acompañaba sus explicaciones con gestos tan vivos como las palabras que articulaba, saboreando el placer de traducir su cultura en fragmentos comestibles. Incluso abandonó su puesto por unos minutos, cargada de entusiasmo, para enseñar a Consuelo cómo decir "caña de azúcar" en mandarín y, tomando su bolígrafo, anotar en su cuaderno los símbolos que emparejaban las palabras.

Eduardo se ocupó del pago y, cuando concluyó la transacción, Consuelo, que ya sostenía entre sus manos un vaso de jugo cuyo frescor parecía haber capturado la dulzura misma de la noche, sorbía con curiosidad a través de una pajita, dejando escapar un gesto de aprobación que se reflejaba en sus ojos.

—¿Cómo se dice que está muy rico? —preguntó Consuelo a Eduardo, ansiosa por hacer llegar su elogio a los oídos de la vendedora de sonrisa encantadora. Y, una vez aprendida la frase, la repitió con entusiasmo frente a la dependienta, quien, al captar el mensaje durante la traducción, estalló en una risa franca, elevando los pulgares hacia el cielo en señal de aprobación, como si en aquel sencillo intercambio se hubiera sellado la alianza entre dos mundos.

El paseo destilaba un aire sencillo, donde la diversión flotaba ligera en el ambiente, mezclada con las fragancias de los puestos y el bullicio de las conversaciones. Consuelo, batallando con el andador que manejaba a duras penas con una mano, mientras con la otra sostenía su bebida y apuntaba al frente con el cuaderno en alto, avanzaba como una exploradora señalando al horizonte. Su próximo destino se materializaba ante sus ojos en forma de una brocheta simple pero irresistible: pequeños tomatitos caramelizados, alternados con unas bayas de un azul oscuro que susurraban tentadoras promesas a su paladar.

—Eduardo, ¿te apetece eso? —preguntó, señalando con decisión hacia el pequeño puesto.

—¿La brocheta de tomates? Sí, vamos a probarla —respondió Eduardo, sin vacilar, con la determinación de un gastrónomo en misión.

A su alrededor, compartir esas pequeñas brochetas constituía una actividad popular, un ritual que conjugaba simplicidad y placer a un precio asombrosamente accesible. En esta ocasión, Eduardo se hizo cargo de los trámites logísticos, mientras Consuelo, distraída, se entretenía saboreando a sorbos su bebida.

Con el andador, la bebida y la brocheta en mano continuaron callejeando hasta detenerse frente a un local repleto de juventud. En su interior, una explosión de luces y sonidos procedía de las máquinas de juego, esas que, con algo de suerte y mucha maña, prometen premios vistosos si se logra domar el gancho motorizado que desciende sobre los objetos deseados. Consuelo, tentada por el desafío, no trató de resistirse. Bajo la mirada curiosa de un par de muchachitos, lo intentó en dos ocasiones, pero el premio, rebelde y esquivo, escapó de sus manos. Sin embargo, en aquel entorno lleno de vitalidad, donde las risas y las conversaciones fluían como ríos, donde los niños correteaban con alegría y la excelente variedad de comida se ofrecía a precios que invitaban a la indulgencia, el pequeño fracaso en el juego se diluyó como una gota en el océano.

De repente, Consuelo rompió el momento con una pregunta inesperada, lanzada al aire, mezcla de curiosidad y gratitud que solo la sinceridad inspiraba.

—¿Por qué me has traído aquí? —inquirió, dirigiéndose hacia Eduardo. —¿Por qué pasar el tiempo con alguien tan mayor como yo, en lugar de disfrutarlo con gente de tu edad?

Eduardo, sin prisa, sacó su teléfono. Con un gesto sereno, deslizó el dedo por las imágenes recientes hasta detenerse en una fotografía tomada durante su conversación con la vendedora de jugo de caña, y se la mostró a Consuelo, iluminada por la sonrisa inmortalizada en aquel instante.

—Mira. Yo también estoy disfrutando del día, Consuelo —dijo con la sencillez de quien habla desde el corazón. —Para mí, la amistad no tiene edad. Cada instante compartido es un tesoro que enriquece nuestras vidas, sin importar la diferencia en los años de quienes lo vivan.

Consuelo asintió, conmovida, dejando que un calor tibio le inundara el pecho.

—Te lo agradezco de corazón, de verdad —respondió Consuelo, con un tono cargado de afecto y respeto.

—Lo hago con verdadero placer —respondió Eduardo, con tono firme, reafirmando que cada palabra pronunciada era tan auténtica como el aire que compartían en aquel momento.

Continuaron caminando, dejando atrás las calles que delineaban el recinto del mercado, cuya vibrante algarabía comenzaba a desvanecerse en la distancia. La avenida principal aún sostenía el flujo incesante de los viandantes y, con cada paso, la sensación de avanzar a contracorriente se hacía más evidente. La noche, cerrada por completo, se vestía con un traje de luces exóticas, un caleidoscopio de letreros fluorescentes que danzaban en una fiesta de colores. Algunos titilaban con nerviosismo, otros permanecían fijos en su resplandor perpetuo; estaban los que lanzaban destellos atrevidos y aquellos, heraldos de la era digital, que ofrecían imágenes animadas, como ventanas a un mundo en constante movimiento.

Accedieron a la estación de metro y, como habituales en un ritual mil veces repetido, surcaron los corredores sinuosos que desembocaban en los andenes. Allí aguardaron pacientes hasta que el tren irrumpió en escena, deslizándose con precisión mecánica por los raíles. Las puertas se desplegaron como un díptico: las primeras, un umbral entre las vías y los viajeros; las segundas, una invitación al interior de acero y plástico del vagón. Al embarcar, el espacio parecía entregado a la calma, con apenas unas cuantas almas dispersas ocupando los asientos. Pero aquella quietud no estaba destinada a perdurar. Tras ellos, una horda de presencias comenzaba el abordaje, figuras que, como sombras con vida, seguían sus pasos de cerca para compartir el oxígeno saturado del vehículo.

Aquel vagón, inicialmente al borde del silencio, quedaba ahora tapizado por las conversaciones de pequeños grupos de viajeros, quizás compañeros de su reciente travesía por el mercado. Las voces, aunque presentes, no competían en intensidad con las resonancias que a esa misma hora podrían esperarse en ciudades como Bilbao o Barcelona. Cada palabra se filtraba como un runrún contenido, transformando el espacio en un escenario íntimo de sonidos entrecortados. Discernir la autoría de cada voz se convertía en el entretenimiento implícito de los pasajeros, quienes, tras sus máscaras, jugaban al anonimato, camuflándose entre identidades escondidas.

Consuelo, mientras tanto, tenía en sus manos su fiel cuaderno, que ahora actuaba como testigo de la experiencia. Con la precisión de quien documenta lo efímero, anotaba las peculiaridades del momento: el baile de luces en la noche, el murmullo contenido de las voces y la soledad transitoria del vagón.

—Consuelo, ¿qué planes tienes para mañana? —preguntó Eduardo, con esa mezcla de curiosidad y determinación que suele preludiar algo más que una simple pregunta.

La cuestión no era una trivialidad para Consuelo, quien nunca había sido amiga de delinear sus días con antelación. Su vida, más bien, avanzaba al compás del azar, como un río que serpentea sin cauce fijo, fluyendo hacia donde el momento lo permitiera.

—¿Planes? Realmente, no tengo nada en mente. Me dejo llevar por lo que el día decida ofrecerme —respondió con esa naturalidad suya, ligera pero llena de propósito, que tanto la caracterizaba.

—Entonces, supongo que no te importará que te pase a recoger alrededor de las ocho. Estaba pensando que podríamos hacer una escapada a Tainan. Es una bonita ciudad a tan solo un par de horas de Taipéi —propuso Eduardo, dejando caer la idea como quien lanza una piedra al agua y espera el eco de los círculos.

La sugerencia se ajustó a Consuelo como un guante a la medida, acariciando ese rincón de su espíritu que había permanecido dormido durante años. La idea de emprender un viaje, sin importar el destino o las sorpresas que aguardaran, avivaba en ella su ser aventurero.

—¡Vale! —exclamó con convicción, sin considerar siquiera dónde se encontraba Tainan o qué maravillas podría ofrecer. Lo único que importaba era que su brújula interior, por primera vez en mucho tiempo, apuntaba hacia tierra firme.

EL TEMPLO

Consuelo amaneció minutos antes que el despertador y se entretuvo un rato aguardando la hora de bajar al restaurante para disfrutar de un primer café y algo de comer. La noche había transcurrido sin sobresaltos, pero su estómago se había concienciado de recordarle que su flora bacteriana no era autóctona de la región, sugiriéndole que acompañar las delicias locales con un poco de arroz no sería descabellado. En los últimos meses, había dejado un tanto de lado su alimentación, escudándose en la soledad como pretexto para su nueva indolencia culinaria. Se había acostumbrado a sustentarse con platos sencillos de preparar, principalmente arroz blanco y huevos, acompañados de repostería industrial y chocolate. Los frutos secos habían sido su tentempié en momentos de debilidad, mientras esperaba las comidas principales, que usualmente consistían en bocadillos o variadas tapas de alguno de los dos bares más cercanos. Solo su vecina de arriba había notado su situación y le obsequiaba un par de veces por semana con manjares más sustanciosos, siempre con la excusa de que había calculado mal las porciones para su olla y le había sobrado demasiado, una pequeña falacia que Consuelo, tan bien cuidada, agradecía desde la ignorancia. Lo cierto es que no solo su memoria se resentía de sus males; con el tiempo, el raciocinio también había empezado a flaquear.

Su pasado en compañía nunca fue del todo propicio, y su mente, desde siempre, había lidiado con esa paradoja. Eran tiempos distintos, aquellos que la empujaron a casarse en una etapa de la vida en la que su desarrollo personal debería haber sido la prioridad. Se vio obligada a abandonar su empleo y a inscribirse en la silente congregación de las amas de casa, un redil donde, desprovista de voz y voto, quedaba supeditada al dictamen imperioso del señor, aquel que nunca estaba a su lado. Formaban una pareja dispareja, sumida en insanas diferencias, en un mundo enrevesado donde el trabajo era el único sustento y trabajar, la única razón de ser. Un dilema irónico y difícil de digerir, especialmente al observar a otras parejas de amigos que, aunque igualmente escasas en recursos y agotadas tras largas jornadas, disfrutaban de la mutua compañía. Los años de inseguridad, sumisión y negación habían contribuido a los efectos colaterales que coartaban sus capacidades lógicas y habían convertido una mente brillante en un frágil espejismo de lo que una vez fue, sofocando los destellos de aquella personalidad vivaz y gentil, legado de sus padres.

En ocasiones, la lógica y la memoria se desvanecían al unísono, derivando en situaciones inhóspitas, a veces cómicas, a veces tristes. En otros instantes, era la memoria la que burlaba a la lógica, entreverando recuerdos y marañando verdades; y todo esto lo enarbolaba la falta de sueño, que lo retorcía todo, como una pescadilla rondando en círculos, pugnando por morderse la cola en un ciclo sin final. Algunos recuerdos irrumpían en el presente con edades pretéritas, mientras la lógica, dispersa, se esforzaba en vano por recomponer la imagen fragmentada. Pero lo más desgarrador eran aquellos recuerdos que trastocaban los sentidos cuando la lógica se extraviaba, resucitando incluso a los difuntos, ignorando el sufrimiento que se ocultaba en el abismo que separa la muerte de la vida. Y todo esto sucedía a espaldas del mundo, tras el telón de la realidad, sin apenas percatarse, a cualquier hora del día y en cualquier lugar. Sin embargo, esta pequeña isla poseía algo singular que mantenía a los recuerdos y a la lógica encerrados bajo llave. Desde que había posado sus pies en aquel lugar, no había tenido que enfrentarse a las acometidas del subconsciente, lo que no implicaba, ni por asomo, una curación milagrosa. Consuelo, probablemente, sería incapaz en aquel momento de rememorar los manjares que había degustado la noche anterior sin echar mano a su libreta; pero, al menos, el cambio de aires, la libertad recién conquistada y la curiosidad insaciable mantenían a sus demonios a raya, aherrojados en las recónditas profundidades de su alma.

Cuando Eduardo llegó al hotel, Consuelo aún saboreaba el café a pequeños sorbos, aferrándose a los despojos de lo que, minutos antes, podría haber sido un croissant primoroso y crujiente. Eduardo la saludó con un ademán, se acomodó junto al andador, que hoy se erguía más espacioso y liviano que en la jornada anterior, y se dispuso a revelar el plan del día con todo lujo de detalles. Consuelo le seguía con la mirada, pero entre las últimas migajas del croissant, el café y los nombres extravagantes de los lugares que Eduardo traía a colación no terminaba de aclararse. A fin de cuentas, ella, con la mera compañía y el café, ya se sentía más que dichosa; de modo que no le importunaba lo más mínimo cambiar de escenario y dejarse llevar por cualquiera de los derroteros que Eduardo proponía.

Partieron hacia la estación central, que distaba escasamente veinte minutos del hotel. Surcaron el asfalto con paso resuelto, apenas prestando atención al despertar del barrio, que ya comenzaba a apreciar con cariño. Las aceras, aquellas que no habían sucumbido a convertirse en improvisados aparcamientos para motocicletas, les marcaban el camino, guiando cada uno de sus pasos hacia el imponente edificio de la estación, que ya empezaba a perfilarse entre los contornos de los edificios colindantes. Accedieron al edificio y avanzaron a través del bullicio de la estación, dirigiéndose hacia las taquillas para adquirir los billetes. Eduardo, siempre solícito, se encargó de todas las gestiones y los pagos, mientras Consuelo observaba con interés el trajín de los viajeros. La taquillera, enigmática tras un cristal y una máscara, aporreaba el pequeño teclado de su ordenador sin indulgencia; marcó con un bolígrafo un par de símbolos en los billetes y se los entregó a Eduardo. Con un gesto de mano, reminiscente de alguna señal táctica en un campo de batalla, señaló la dirección hacia la que debían dirigirse para abordar el tren. Siguieron con precisión la indicación, descendiendo a la planta baja donde, en menos de cinco minutos, el tren empezó a hacer su entrada, deslizándose estridente sobre los rieles.

El convoy hizo su parada y ascendieron a un vagón que yacía prácticamente vacío. Era una máquina de líneas modernas, idéntica a aquellas que Consuelo solía tomar en su tierra natal para las visitas rutinarias al hospital comarcal, donde atendían sus desafíos de memoria. La única diferencia residía en los símbolos de los carteles, a los cuales ya se había habituado a ver e ignorar, relegándolos al rango de mera ornamentación en el tapiz cultural del país que no alcanzaba a comprender.

El recorrido se extendió a lo largo de más de dos horas y media, hasta que la voz metálica de la megafonía anunció su destino. Durante ese tiempo, Eduardo había dedicado los minutos a entretejer la conversación, inquiriendo sobre la vida cotidiana de Consuelo y sus proyecciones a futuro, mientras ella, con una energía incansable, registraba meticulosamente cada detalle que brotaba del diálogo. Juntos, repasaron nuevamente el itinerario del día, bordando en la memoria de Consuelo los nombres de los lugares y desvelando las historias ocultas que yacían tras cada uno de ellos, como secretos esperando ser desvelados.

Apenas se apearon del tren y emergieron de la estación, un detalle mantuvo a Consuelo cautivada y ligeramente desconcertada. La realidad ante sus ojos desentonaba con las imágenes que había preconcebido. Un algo difuso, tal vez inherente al ambiente o a la propia urbe, la confundía. El clima era radicalmente distinto al que habían dejado atrás en Taipéi unas pocas horas antes. El sol brillaba con un vigor desacostumbrado y la humedad se sentía diferente, más tangible y pesada. Las calles se mostraban más informales y caóticas, y los transeúntes se movían a un compás menos frenético. El tráfico se mostraba desordenado, con una concentración de motocicletas por metro cuadrado que superaba todo lo que Consuelo había visto en su vida. Sin embargo, ese caos parecía estar coreografiado con una precisión meticulosa, y a los habitantes poco parecía importarles el alboroto, integrándose armoniosamente en el conjunto.

Iniciaron su caminar por la avenida principal que conectaba la antigua ciudad con la estación. Su primer destino no quedaba lejos, y Consuelo había resuelto que aquel día lo dedicarían a ejercitar las piernas recorriendo la ciudad. El andador lideraba la marcha, mientras observaban cómo la acera se estrechaba con cada paso que daban. Tras avanzar un par de manzanas, la acera se esfumó por completo, cediendo su espacio a un aparcamiento improvisado para motocicletas que se extendía hasta donde alcanzaba la vista. A su derecha, al otro lado de la carretera, aún se vislumbraba un tramo de acera mínimamente transitable, pero el tráfico motorizado no parecía dispuesto a ofrecerles tregua para cruzar con facilidad. Era evidente que las calles de esa ciudad y el andador no estaban destinados a entenderse.

—Si cruzamos, se detendrán, ¿verdad? —preguntó Consuelo.
Eduardo la detuvo en su intento kamikaze y señaló

el semáforo que regulaba el tráfico, cortándoles el paso.

—¡Ahora! —indicó, azuzando al andador para que cobrara velocidad.

Consuelo seguía algo sorprendida por la ausencia de pasos de cebra, pero el truco de seguir los semáforos opuestos, destinados a los vehículos, parecía dar sus frutos.

Prosiguieron su camino y cruzaron varias calles hasta desembocar finalmente en un área donde las aceras se ensanchaban generosamente. La amplitud del espacio permitía al andador maniobrar con soltura y a ellos retomar las conversaciones, liberados de la necesidad de esquivar a los motoristas que antes los rodeaban. Llegaron a lo que se antojaba un parque, ceñido por una sólida muralla de piedra rojiza de un par de metros de altura. Continuaron bordeando la muralla hasta que dieron con una monumental puerta de madera, encastrada en un arco de piedra del mismo tono rojizo, que rompía la uniformidad del muro y abría paso a lo que se revelaba como un extenso complejo de edificios de arquitectura tradicional, salpicado de árboles centenarios, cuyas ramas y troncos se entrelazaban en una maraña tan densa que resultaba difícil discernir dónde terminaba uno y comenzaba el otro.

Se hallaban ante el templo confuciano más vetusto del país, que había formado parte del tejido histórico de la ciudad desde hacía cerca de cuatrocientos años. Para muchos, este santuario no solo representaba un baluarte educativo por haber sido la sede de la primera institución educativa del lugar, sino que también era un guardián de los valores morales y éticos que habían influenciado y delineado el carácter de la sociedad taiwanesa durante siglos.

Consuelo, devota de la música, la cultura y, por encima de todo, los libros, encontraba en ese lugar una esencia particularmente conmovedora. Parecía percibir las emociones de aquellos estudiantes y eruditos que, cual fantasmas del pasado, habían dejado impregnadas sus alegrías y decepciones, los nervios previos a los exámenes y el peso de los resultados. Estaba absolutamente fascinada, tomando apuntes de los nombres más destacados que identificaba mientras leía un pequeño folleto en castellano que desgranaba parte de la historia del recinto.

Caminaron hasta otra pequeña edificación que se erguía en uno de los patios adyacentes al edificio principal del complejo. Al internarse en el recinto, un imponente tablero de madera introducía tres caracteres chinos, encabezando una profusión de símbolos en una caligrafía espléndida que se extendía por los muros, decorando la estancia como si de un extenso lienzo de papel de arroz se tratara. Consuelo, movida por la curiosidad, preguntó por el significado de aquellas palabras y Eduardo, con cierto esfuerzo y visiblemente apurado, intentó traducirlas.

—Ese es el nombre que recibe este tipo de sala en el confucianismo, aunque literalmente significa algo como "la sala para iluminar los principios" —se esforzó en explicar, casi avergonzado por su incapacidad de proporcionar una aclaración más detallada.

Consuelo, sin mediar palabra ni pedir venia, estacionó su andador y tomó asiento en una de las sillas de madera que flanqueaban el salón. Desde su enclave, contemplaba cómo los robustos pilares de madera, tintados de tonos granates, se fusionaban con la precisión de la exquisita caligrafía y los ornamentos de piedra que decoraban el recinto, creando una atmósfera donde el tiempo parecía haberse suspendido y el espíritu de la enseñanza impregnaba cada esquina. Seguía sin entender ni jota de lo que allí ponía, pero percibía el respeto que las personas que construyeron aquel edificio habían puesto en cada palabra que adornaba la estancia.

Permanecieron allí sentados, cultivando unos minutos de ese silencio necesario, ese que el cuerpo implora tras una larga caminata. La mezcla del estrés que destilaba el caos de la ciudad, junto con los kilómetros que habían dejado atrás, fatigaba más de lo que fortalecía. Eran esos momentos en los que Consuelo tomaba conciencia del valor incalculable del gesto detrás de la acción de recibir su andador y de lo crucial que era mantener una mentalidad positiva para enfrentar las vicisitudes del día a día. Allí estaba ella de nuevo, en un rincón insólito del mundo, jamás murmurado en sus conversaciones, acompañada por aquel muchacho atento y de sonrisa fácil, que nunca se separaba de su pequeña cámara, testigo de sus andanzas.

Saturados ya de la atmósfera entre los muros del pequeño edificio, se alejaron del recinto, desandando el camino hasta la puerta principal, atravesando a su paso los jardines esporádicos que salpicaban el lugar. Durante el tiempo que habían compartido, Eduardo había descubierto mucho sobre Consuelo y sus inclinaciones, lo que había desbaratado sus planes turísticos iniciales. A ella no le atraían ni los centros comerciales ni las piedras modernas; su pasión era la cultura y le fascinaba descubrir el proceso creativo oculto tras cada rincón. Los libros eran su delicia, aunque en ocasiones, sus episodios de memoria le permitían redescubrir un mismo título varias veces, renovando así el suspense y el placer de la lectura. Y sentía una profunda adoración por el mar y sus enigmas, quizás como un legado inherente de su linaje.

Apenas dejaron atrás el templo, el apetito se sumó a la comitiva, manifestándose con un insistente llamado desde lo más profundo de sus entrañas, impulsándoles a buscar un sitio donde almorzar. Erraron por cuatro manzanas hasta encontrar el lugar perfecto para apaciguar el hambre y reposar las piernas una vez más. El establecimiento, de un encanto rústico ineludible, se sostenía en muros casi tan vetustos como los del templo recién visitado. Las mesas, dispuestas con una desordenada elegancia bajo los soportales que en otro tiempo hicieron las veces de acera, invitaban a un sosegado yantar.

La dependienta se aproximó con curiosidad para darles la bienvenida. Era una mujer en la plenitud de su vida y todavía rebosante de energía. No había desviado su mirada de ellos desde que los divisó aproximándose en la distancia. Eduardo tomó una de esas enigmáticas hojas de menú repleta de símbolos, donde los platos se señalaban mediante trazos; un trazo horizontal representaba una unidad, dos trazos en forma de T, dos unidades, evocando los números romanos que Consuelo había estudiado en su juventud. Le entregó la comanda a la aún curiosa dependienta y, en unos pocos minutos, un banquete se desplegó sobre la mesa: panceta de cerdo estofada reposando sobre un lecho de arroz blanco al vapor, acompañada de huevo marinado y encurtidos.

Consuelo capturó la atención de la dependienta con la mirada, y antes de que Eduardo pudiera reaccionar, ya agitaba un par de palillos que sostenía, solicitando cubiertos para degustar los manjares dispuestos sobre la mesa. La dependienta, entendiendo perfectamente la petición, envolvió con delicadeza una cuchara y un tenedor en una servilleta y se aproximó a la mesa. Tomó asiento junto a Consuelo y acomodó los cubiertos al lado de un bol de cerámica, esbozando una sonrisa mientras lanzaba preguntas a Eduardo y dirigía miradas intermitentes hacia ella. No buscaba ni cotilleos ni chismorreos; era, en cierto modo, la contraparte taiwanesa de Consuelo, movida únicamente por el deseo de indagar sobre el viaje y los orígenes de estos visitantes para entender mejor el fortuito cruce de caminos que los había llevado a su humilde establecimiento, invitándolos a degustar los frutos de su trabajo. A Consuelo, lejos de sorprenderla, la situación le pareció de lo más natural y extendió los palillos al nuevo comensal para que compartiera la comida con ellos. La buena mujer, sin embargo, rechazó la oferta con una sonrisa complacida.

Eduardo asumió el rol de intérprete y, en ausencia de otros clientes que requirieran la atención de la dependienta, que resultó ser la propietaria, se entregaron a una velada repleta de sonrisas, como si de un encuentro entre viejos amigos se tratara, compartiendo las peripecias de sus vidas.

Al igual que Consuelo, la vida de la propietaria no había sido fácil. Ambas habían atravesado tiempos de escasez y bonanza, épocas de tiranía y dictadura, bajo la constante presión de interminables jornadas dedicadas al cuidado familiar. Tras la pérdida de su pareja, dedicaba sus horas a atender su modesto negocio, que no solo le proporcionaba un ingreso suplementario a su pensión, sino también la preciada interacción con las almas locales, asegurándole un flujo constante de compañía y estabilidad emocional. En esencia, la vida y las personas de aquel lugar no diferían tanto de lo que Consuelo había dejado atrás en una pequeña ciudad; solo los rasgos físicos, el idioma y el paisaje marcaban la diferencia.

En la atmósfera del pequeño local, los tres desgranaron temas de conversación tan variados como el tiempo, la geografía, los idiomas, la familia, la comida, la cultura y la política. No hubo materia que se les escapara, y la naturalidad y gentileza de Consuelo envolvían los instantes de espera necesarios para las traducciones que Eduardo llevaba a cabo.

Aprovechando el momento de quietud, Eduardo pidió recomendaciones sobre qué sitios serían accesibles para alguien con las limitaciones de movilidad de Consuelo. La propietaria, con una franqueza inquebrantable, reconoció que la ciudad no facilitaba la travesía a pie, especialmente con un andador. No obstante, recomendó vivamente un paseo junto al mar, no el tramo más frecuentado por turistas y salpicado de restaurantes, sino uno menos conocido que desembocaba en una pequeña playa tranquila, perfecta para pasar el resto del día.

Con el estómago lleno y después de más de una hora de amena charla, la velada tocó a su fin. Consuelo era consciente de que probablemente no volvería a ver a esa mujer que, de no ser por la distancia y las barreras del idioma, bien podría haberse convertido en una amiga cercana.

EL MAR

Con la testarudez que la caracterizaba, Consuelo se encargó de saldar la cuenta mientras un taxi se detenía junto a los soportales. Se sentía plenamente satisfecha, tanto física como emocionalmente, tras haber disfrutado de una conversación tan animada con aquella encantadora mujer. Le fascinaba descubrir las sutiles diferencias entre las personas que había conocido en su viaje; individuos que, a primera vista, podrían parecer reservados, pero que, al trato, se revelaban igualmente afables y cargados de preocupaciones y desafíos similares a los que ella había enfrentado a lo largo de su vida.

Se subieron al taxi y comenzaron la marcha. El siguiente destino de Consuelo era el mar, aunque ella todavía no lo sabía. En ese instante del viaje, en un lugar nuevo y sin referencias claras, no resultaba sencillo discernir el norte del sur, y menos aún sin comprender ninguna de las indicaciones que salpicaban la ciudad. El taxista mantenía un mutismo casi absoluto, como si el buen humor no estuviera incluido en el coste del servicio. Navegaban entre intersecciones inundadas de motocicletas, y, de vez en cuando, algún que otro semáforo les invitaba a detenerse. Desde la relativa calma del interior del taxi, el caos exterior se percibía algo menos agobiante, y Consuelo aprovechaba esos momentos para registrar los pormenores del almuerzo en su cuaderno de bitácora.

La travesía se prolongó por unos veinte minutos y, durante ese tiempo, no emergió ninguna señal visual que desvelara su destino, aunque la atmósfera impregnada de sal y humedad traicionaba la cercanía del mar. A medida que avanzaban, los edificios daban paso a campos abiertos y los semáforos se tornaban en rareza. De cuando en cuando, algún vendedor ofrecía frutas y verduras en los márgenes de la carretera, evocando tiempos pasados.

Encararon la última curva y se adentraron en una carretera flanqueada por frondosa vegetación que adornaba solo uno de sus márgenes. El aroma del mar se intensificaba, haciéndose cada vez más tangible y envolvente.

El taxi hizo alto en un claro, un resquicio entre los árboles donde una escalinata de cemento ascendía hacia el mar, vigilada por una colosal roca grabada con caligrafía que anunciaba el nombre del lugar. El taxista, con un tono mesurado, les asistió en el acomodo del corcel y después se desvaneció en la distancia. Avanzaron por una rampa que se enroscaba alrededor de la escalera hasta llegar a una amplia plataforma erigida junto a la playa, que se prolongaba hacia un pequeño faro apenas visible en la lejanía. Las ruedas del andador tamborileaban sobre el cemento, impelidas por su dueña, que avanzaba decidida hacia la arena.

La playa no se asemejaba mucho a las del norte, donde ella se había criado, aunque los elementos esenciales permanecían presentes: la arena igual de fina, el mar algo menos azul de lo que su memoria pintaba, y las conchas dispersas por la arena, camufladas entre las piedras. Con el andador en mano, Consuelo descendió a la arena, casi hasta donde la humedad difuminaba los colores entre el sedimento seco y el mojado. Su espíritu se había avivado al contemplar aquel paisaje, y sus ojos comenzaron a inspeccionar cada una de las conchas que emergían entre los granos dorados de arena, seleccionando los especímenes más atractivos y amontonándolos en el andador.

Eduardo, igualmente ajeno a aquel lugar, capturaba el momento con su teléfono, embargado por una curiosidad paralela. Elevó la cámara hacia el horizonte y la dirigió hacia el final del paseo.

—Caminemos hasta el faro. La vista desde allí debe ser magnífica —sugirió, antes de que Consuelo se aventurase a probar el agua.

Atendiendo a la sensatez de la sugerencia, Consuelo giró el andador, cargado ya de restos sólidos de moluscos, y retomó el camino hacia la plataforma que les conduciría hasta el faro. La textura de los colosales bloques de hormigón que conformaban el paseo se tornaba más áspera a medida que se distanciaban de la playa, evidenciando que las acometidas del mar no flaqueaban ante la presencia del cemento. Desde que llegaron a aquel recodo, no habían intercambiado muchas palabras, pero ambos avanzaban juntos, uno al lado del otro, contentos, impregnándose de cada partícula de luz que se filtraba a través de sus pupilas.

Llegaron casi al final del espigón, donde se elevaba un pequeño faro metálico, pintado de un verde aceituna que le confería un aire marcial, como si fuera parte de una escenografía militar, indicando la dirección del tráfico a los navegantes. El dique de abrigo se extendía hacia lo indefinido, custodiando centenares de tetrápodos de hormigón que le otorgaban un semblante robusto y resuelto. Se detuvieron a reposar junto a un banco de piedra al amparo del cortaviento, un lugar frecuentemente ocupado por pescadores locales. En ese ambiente sereno, la escena adquiría un matiz cómico: Consuelo se recostaba a lo largo del banco para aliviar sus piernas, mientras Eduardo, sentado con su espalda contra el cortaviento, revisaba las imágenes capturadas en la playa minutos antes y disfrutaba de un pequeño tentempié.

Para Consuelo, Eduardo había transformado la propuesta turística que aquella mujer de mirada tierna le había ofrecido desde su humilde agencia de viajes en una auténtica odisea, digna del sueño de cualquier trotamundos. Consuelo se había mimetizado con el ambiente de tal manera que, de no ser por su idioma y su aspecto, bien podría pasar por una residente más, camuflada entre los paisajes cotidianos de la isla. Ella era consciente de su dificultad para retener aquellos detalles, como quien no logra alcanzar los volúmenes colocados en los anaqueles más elevados de una estantería, y sabía que, tal vez, su memoria terminaría por despojarla de muchos de los preciosos momentos que había disfrutado allí. Dejó que sus pensamientos se desvanecieran y cerró los ojos.
—Gracias, Eduardo. Este regalo no tiene precio —murmuró en voz alta.

La brisa marina y el batir de las olas se habían entrelazado en sus conversaciones, mientras un descenso en la temperatura anunciaba la llegada del ocaso. El cielo comenzaba a teñirse de dorados que avanzaban empujados por el reflejo de las olas. La escena la seccionaban las sombras de las largas cañas de pescar que los lugareños empuñaban como lanzas, custodiando la llegada de la noche. Todo un espectáculo. Sin embargo, dado que el espigón carecía de luz artificial a lo largo de su extensión, ambos decidieron emprender el retorno a la ciudad para dirigirse a la estación.

En ese momento, compartían el instante más silente desde que se conocieron, atesorando la compañía mutua como parte esencial de la experiencia y acrecentando la armonía que fluía entre ellos, como uno de esos ríos tranquilos que enriquece discretamente los paisajes a su paso.

Tomaron un taxi de regreso a la estación. Esta vez, el taxista resultó ser un hombre afable y locuaz que disfrutaba conversando con sus clientes. Lanzaba de dos a tres preguntas por minuto y mostraba un sincero interés en las respuestas. Consuelo, con el intérprete a su lado, se sumergía con gusto en aquel diálogo espontáneo. El tiempo se escurría entre los dedos y la marabunta de motoristas y vehículos tan solo lograba obstruir aún más las arterias vitales de la ciudad, coagulando los cruces y estancando el flujo metálico, mientras el clamor de las bocinas se mezclaba con gritos sordos de impaciencia. Eduardo, por su parte, comenzaba a inquietarse, barajando alternativas en caso de perder el tren de vuelta a Taipéi. Consuelo, aunque consciente de la premura, parecía ajena a cualquier preocupación y proseguía su plácida conversación, convencida de que, con tren o sin él, encontrarían la forma de regresar, tarde o temprano.

Sortearon el último de los cruces tumultuosos, y, como por obra de un imaginario tratamiento anticoagulante, la ciudad comenzó a mostrar signos de alivio. La resolución de la embolia vial se hizo patente al girar hacia la avenida que conducía directamente a la estación. El taxi se detuvo frente a la entrada y, con urgencia unánime, se lanzaron a la carrera para no perder el tren. Eduardo vacilaba entre sentar a Consuelo en el andador y empujarlo o animarla a correr a su lado. Finalmente, optaron por la segunda opción, y ambos se lanzaron a un sprint, bajo la mirada atónita de los transeúntes, que bien podría haber sido digna de una competición de marcha olímpica.

Alcanzaron el andén justo en el momento en que el tren comenzaba a desvelar su hocico metálico en el horizonte visual. La carrera había valido el esfuerzo, y la adrenalina desatada los mantenía en vilo mientras recuperaban el aliento. Subieron al vagón todavía con el resuello en la garganta y se desplomaron sobre los primeros asientos que encontraron, marcados con el número de su reserva, que aguardaban su llegada.

Emprendieron la marcha, y Consuelo, casi de forma automática, abrió su libreta para anotar los detalles del sprint. Eduardo, fascinado por el entramado de trazos y palabras sin relación aparente, indagaba sobre sus anotaciones, cautivado por el peculiar método con el que ella intentaba capturar el tiempo. El cuaderno era como un confuso tapiz de pensamientos y recuerdos que, en ocasiones, revelaba anotaciones superpuestas, como si cada línea fuera un testigo mudo de esos momentos de la vida que Consuelo se esforzaba por retener, esos destellos de la realidad que temía que se desvanecieran en el olvido.

—¿Recuerdas qué hemos comido? —inquirió Eduardo de improviso.

Consuelo, con gesto reflexivo, apoyando la barbilla entre la confluencia de su índice y su pulgar, se sumió en unos instantes de silencio mientras intentaba reconstruir los episodios recientes, escudriñando en su memoria en busca de pistas que la guiaran hacia el recuerdo adecuado.

—No. Recuerdo que era exquisito y que comimos en compañía de una señora encantadora, pero no logro recordar qué era exactamente lo que comimos —confesó, mientras repasaba los eventos anotados en su cuaderno.

—Arroz —declaró después de consultar una de sus notas.

—¿Y ayer por la noche? —preguntó de nuevo Eduardo.

—No me acuerdo —respondió Consuelo casi inmediatamente, para luego, con una sonrisa de satisfacción, añadir—: ¡Ah, sí! Comimos bollitos preñados en el mercado.

Eduardo, que ya tenía dispuesto el teléfono entre sus manos en modo espejo del pasado, mostró a Consuelo un par de fotografías capturadas durante la comida, un gesto que realineó las neuronas extraviadas de Consuelo, devolviéndole los recuerdos que flotaban sumergidos en su mente. Consuelo soltó una carcajada al reconocer las imágenes.

—¡¿Ves cómo hemos comido arroz?! —exclamó, terca como una mula, con una sonrisa que se extendía de oreja a oreja.

Eduardo, que había desarrollado un profundo respeto por Consuelo, también experimentaba la impotencia de no poder ofrecer ayuda ante un desafío tan colosal como el de la memoria. Durante los últimos días se había documentado sobre la esclerosis y el alzhéimer, comprendiendo que ambas condiciones, por separado, representaban uno de los más arduos desafíos a los que un ser humano podría enfrentarse a lo largo de su existencia. Consuelo, por desgracia, encarnaba una de esas raras excepciones, doblemente azotada, reducida a un mero dato en las estadísticas, como uno de esos casos inusuales con un riesgo elevado de desarrollar demencia. Pero, en realidad, Consuelo se había convertido en una referencia recurrente en varias de esas escasas publicaciones científicas que, valiéndose de su existencia y su lucha, buscaban nutrir las investigaciones para atajar su mal y prevenir que las generaciones venideras tuvieran que enfrentar el tormento de olvidar sus propios pensamientos.

Por fortuna para Eduardo, su linaje había permanecido indemne a las aflicciones de la memoria, y esta era la primera vez que pasaba un largo tiempo junto a una persona aquejada por estos males. En su tierra natal, algunos clientes de su modesto negocio familiar mostraban indicios de tales síntomas. No obstante, en una comarca humilde donde la educación frecuentemente cedía su lugar al trabajo desde temprana edad y el estado precario de la atención médica, las patologías cerebrales quedaban en manos del destino, sin los recursos necesarios para mitigar su avance o paliar sus efectos.

El tren hizo su entrada en la estación central de Taipéi. La noche ya había extendido su manto oscuro sobre las calles, y los transeúntes escaseaban hasta poder contarse con los dedos de una mano. Estaban agotados tras la jornada, pero con el espíritu todavía vibrante, y Eduardo, sin pensarlo, se ofreció a acompañar a Consuelo hasta los soportales que conducían a su hotel. Probablemente aquel fuera su último encuentro, dado que Eduardo debía reincorporarse al trabajo al día siguiente y Consuelo partiría de regreso a

España en los días sucesivos.

—Consuelo, ha sido un placer conocerla y compartir estos días con usted —dijo Eduardo, deteniéndose para despedirse al tiempo que Consuelo frenaba el andador.

—Muchacho, aun no entiendo por qué has escogido pasar el tiempo con una abuela en lugar de hacer algo más interesante, pero te lo agradezco de corazón —respondió Consuelo.

—Lo he pasado estupendamente, y espero que te lleves un grato recuerdo de este país y que disfrutes de los días que te quedan aquí —contestó Eduardo, tomando el cuaderno de bitácora de Consuelo para anotar sus datos de contacto.

—No dudes en contactarme para lo que necesites y no olvides enviarme un mensaje cuando regreses a España. Yo, por mi parte, te enviaré todas las fotos de estos días —replicó con una sonrisa, aunque teñida de tristeza.

Consuelo, fiel a sus costumbres, le brindó un abrazo de esos que aprietan y dos besos al más puro estilo ibérico, despidiéndolo con cariño mientras le agradecía de nuevo la compañía.

Cada uno partió por su lado, despidiéndose con un gesto de la mano en la distancia mientras Consuelo se esfumaba tras la puerta automática del hotel.

LA SORPRESA

El sol, sin pedir permiso, había comenzado a descender a través de la ventana, bañando de luz las humildes paredes del hotel. Consuelo, que había intentado resistirse a la prematura llegada del alba, se volteó en dirección contraria, pero el ardid apenas le sirvió durante un breve lapso y acabó por rendirse por completo a la mañana.

Revuelta entre las sábanas, palpó la mesilla en busca de sus gafas y se incorporó lentamente. En los últimos días había experimentado una notable mejora en la calidad de su sueño, una bendición inesperada, aunque ciertamente propiciada por la escasez de cafeterías abiertas a deshora. Su cuerpo lo agradecía, premiándola con una disminución de las acostumbradas inestabilidades matinales. Su mente, por su parte, comenzaba a disipar con mayor celeridad la bruma que solía envolverla al despertar.

Como parte de su ineludible ritual matutino, Consuelo escrutaba la primera página de su cuaderno de notas, donde un calendario cuidadosamente anotado recogía las fechas imprescindibles que no debía, bajo ningún concepto, dejar pasar: los cumpleaños de su familia, las citas médicas y la fecha de su retorno. Los aniversarios de sus hijos los evocaba con soltura; sin embargo, frecuentemente se le escurrían las fechas de los cumpleaños de sus nietos, que trataba de retener asociándolas con sus ciudades o sus postres preferidos. La fecha de su regreso, marcada con insistencia en casi todas las hojas, la revisaba varias veces al día, movida por el temor de que se le pudiera olvidar.

La segunda fase del ritual de Consuelo se centraba en explorar las llamadas entrantes y los mensajes recibidos en su teléfono móvil, meticulosamente organizados en canales familiares y clasificados por cercanía emocional. Al desbloquear el dispositivo, se encontró con un alud de mensajes que se apilaban unos sobre otros, cada uno intentando destacar sobre los demás. Examinó cada texto con detenimiento y redactó un único párrafo como respuesta a todos ellos, explicando que esa semana se encontraba especialmente atareada con sus propios asuntos. A las llamadas les prestó menos atención, dando por sentado que el nombre de su hija encabezaría la lista.

Se alistó para el día y bajó al comedor del hotel en busca de su acostumbrado café, que pensaba acompañar con lo que hubiera, probablemente pan con mantequilla. Aunque enfrentaba una jornada en solitario, esto no mermaba su ansia por descubrir qué sorpresas le depararía el día. Salió del hotel y cruzó la calle hasta la plaza donde se alzaba el pequeño templo, en un tramo donde la acera se mostraba más angosta pero transitable, y tomó rumbo sur, en la misma dirección que había seguido el día anterior con Eduardo para ir a la estación. Sin itinerario preestablecido, se dejó llevar por la idea de adquirir algún recuerdo que le permitiera retener las memorias de su andanza por aquel lugar. Tal vez, pensó, encontraría un nuevo imán que incorporar a la colección que ya adornaba su nevera, aportando por vez primera el testimonio tangible de uno de sus viajes.

Continuó su andanza por calles delineadas e indómitas hasta llegar a una amplia avenida que se vestía de dualidad: abajo, el tráfico rodado discurría sobre el asfalto firme, mientras que justo encima, siguiendo la misma arteria vital, se elevaba el tráfico ferroviario, sostenido por robustas columnas que, cual modernos acueductos, orquestaban una danza de acero y ruido que discurría en paralelo al bullicio de la carretera. En aquel tramo, la urbe empezaba a despojarse de su encanto para adoptar la fisonomía insípida de cualquier otra gran metrópolis del mundo. Cruzó la avenida y prosiguió su camino hasta que la monotonía le pesó lo suficiente como para incitarla a dirigir el corcel hacia una calle más estrecha y menos concurrida. Casi al instante, se reanimó el encanto, y el bullicio de los transeúntes que compartían aquel reducido espacio empezó a infundir vida a su mañana.

Consuelo se detuvo un instante para entablar conversación con un grupo de muchachas que dejaban pasar el tiempo en las escaleras de su colegio. Una de las más jóvenes hablaba algo de castellano y la mayor dominaba un poco el francés, así que, entre palabras elementales y malabares de sinónimos, lograron comprenderse. Consuelo se informó acerca de los rincones interesantes que se ocultaban en el vecindario y de los sitios populares para tomar un refrigerio y dar reposo a su andador. Ella, fiel a su costumbre de rodearse de la compañía juvenil, como elixir rejuvenecedor para su espíritu, se llevó la impresión de que aquellas muchachas disfrutaban de una educación privilegiada y respetuosa, un bien cada vez más escaso en su tierra natal.

Continuó su paseo, dejándose guiar por las

indicaciones recibidas mientras se sumergía en sus pensamientos. Consuelo, en los últimos años, había aprendido a nutrirse del instante presente, consciente de que tanto el pasado como el futuro podían mostrarse esquivos e inciertos. Empleaba sus recuerdos más vívidos, cuando afloraban en el momento justo, para engatusar a su organismo y suscitar emociones positivas que se manifestaban en sonrisas y lágrimas, acallando el sufrimiento. Intuía una conexión velada entre su mal de memoria y su incesante búsqueda de la felicidad en aquella etapa de su vida marcada por la incertidumbre, el desgaste emocional y los eternos "¿y si...?" resonando por doquier. Paseaba cosechando vivencias que la reconectaban con el presente. Se entregaba a explorar cuanto la rodeaba con la curiosidad pueril de un infante que se detiene a cada paso, maravillado ante detalles nimios que escapan a la percepción de los adultos. Su mente estaría desgastada y su raciocinio nublado, pero ni eso la detenía a la hora de enfrentarse con brío a las lides cotidianas que acuciaban sus jornadas.

La caminata condujo a Consuelo a una pequeña plaza efervescente, salpicada de puestos en los que artesanos locales ofrecían sus creaciones. Un edificio rojo de ladrillo, de base octogonal y aspecto añejo, dominaba la plaza, escrutando a los transeúntes con la sabiduría que otorgan los años.

La edad media de los presentes se había precipitado hacia la juventud, y el aire vibraba al ritmo de sus voces. Había algo singular en aquella plaza, algo que Consuelo no lograba descifrar del todo, pero que la hacía sentir bienvenida y a gusto. El ambiente rebosaba despreocupación; una variedad de colores y atuendos vestía a los congregados, cada cual manifestando su existencia libremente, en un mosaico palpable de diversidad y aceptación. Consuelo, realmente, estaba encantada.

Con ágil determinación, se lanzó al palique, empeñada en hallar ese preciado recuerdo que inmortalizase su estancia y, de paso, adquirir un par de imanes adicionales para sus hijas. Entabló monólogos con media docena de artesanos, señalando entusiasmada hacia cada objeto que capturaba su interés, que no eran pocos. Compró los imanes, una blusa de lino que prometía ser sumamente cómoda y algunos detalles más. Para rematar la visita, el joven que le había vendido la blusa le propuso hacerse una fotografía juntos, un gesto que ella aceptó con ilusión.

Mientras se alejaba del bullicio del pequeño mercado, dejando el edificio de ladrillo rojo a su derecha, Consuelo percibió el sonido inconfundible y algo molesto que surgía de su bolso sobre el andador. Abrió el compartimento que servía tanto de asiento como de baúl y comenzó a hurgar en busca de su teléfono.

—¡Mamá! ¿Dónde leches andas metida? —tronó la voz desde el pequeño altavoz—. Llevamos todo el día intentando localizarte, hemos estado en tu casa y no has respondido, los vecinos no te han visto, y nadie sabe nada de ti ni en los bares ni en el supermercado. ¿Dónde leches andas, mamá? —La voz mezclaba alivio e irritación.

—Tranquila, estoy bien —respondió Consuelo con serenidad, como si la urgencia del asunto no fuera con ella.

—Pero ¿dónde estás? Nos estamos volviendo locos —insistió la voz, ya menos crispada.

—Estoy de paseo, comprando unas cosas —explicó Consuelo, mientras seguía empujando el andador con una mano y sosteniendo el teléfono con la otra.

—Mamá, por favor, no puedes estar simplemente comprando cosas. Te estamos buscando por todas partes. ¿Dónde estás ahora? Voy a buscarte —dijo la voz, ahora con un tono calmado.

—Taiwán. Estoy en Taiwán —declaró Consuelo, soltando la noticia como quien no quiere la cosa.

Del otro lado de la línea, un silencio sepulcral se extendió por unos instantes, hasta que un grito lacerante estremeció el aire:

—¡La madre que la parió! —retumbó la voz amplificada por el altavoz—. ¿Pero te has vuelto loca? ¿Pero tú sabes dónde está eso? —añadió la voz, ahora alterada y temblorosa, al borde del llanto por la impotencia.

—Tranquila, que estoy perfectamente. Me pillas comprando algunos recuerdos; mañana, creo, me toca regresar —respondió Consuelo, con su habitual serenidad, lo que no hizo más que avivar el fuego de la preocupación y el desasosiego de su hija, que parecía no encontrar tierra firme.

La conversación se prolongó mientras la hija de Consuelo, agitada y con el corazón en un puño, se dirigía hacia la pequeña agencia de viajes, única en su género en toda la ciudad, invocando a cuantos dioses conocía para encontrarla abierta a aquellas horas. Sus oídos aún retumbaban, incrédulos, incapaces de asimilar la idea de que su madre, esa figura tan vulnerable, hubiese emprendido sola un viaje como ese, cargando con sus notables limitaciones. Esto, sumado al hecho de que nunca antes había viajado por sí misma, sin contar los obstáculos del idioma y la distancia.

Al llegar a la agencia, justo después de pactar con Consuelo la hora exacta para su próxima llamada, la atribulada cincuentañera abrió la puerta con decisión y se dirigió sin más preámbulos hacia la señorita de voz dulce y mirada tierna, que aún no había tenido tiempo ni de colgar su chaqueta.

—¿Sabe dónde está mi madre? —exclamó, prescindiendo incluso del saludo.

—¡Dios santo! ¿Ha ocurrido alguna desgracia? —

preguntó la agente de viajes, omitiendo también los saludos preliminares. Había perdido el rastro de Consuelo tan pronto como se registró en el hotel, pues todo parecía en orden tras la confirmación de su llegada.

—¿Organizó un viaje para mi madre sin decírnoslo? —replicó la hija de Consuelo, incrédula.

—María, su madre me pidió mantener esto en secreto, y yo no estoy en posición de divulgar las acciones de mis clientes. Estaba pasando por un mal momento y necesitaba airearse, ver mundo, o así me lo explicó. Pero ¿qué ha ocurrido? —inquirió la agente, con un tono que fluctuaba entre la culpabilidad y una cierta dignidad defensiva.

—Nada, no ha ocurrido nada. Llevo dos días tratando de localizarla y me acabo de enterar de que se ha ido de vacaciones al otro lado del mundo — respondió María, todavía con el rostro crispado por la agitación.

—Toma asiento y trata de calmarte. Tu madre se ha ido a Taiwán para pasar unos días; te aseguro que es un destino seguro y tranquilo. Está entre los países más desarrollados del mundo, con una economía robusta y un sistema sanitario de los más avanzados. Además, tu madre cuenta con uno de los mejores seguros de viaje que he gestionado en mi carrera. Entiendo tu preocupación, pero realmente el país dispone de una infraestructura impresionante —explicó la señorita de voz dulce mientras abría un archivador metálico que gemía con cada movimiento, buscando los detalles del viaje de Consuelo.

—Mira, aquí tengo toda la documentación —prosiguió, desplegando sobre el mostrador los documentos sujetos por un pequeño clip, preparados originalmente para Consuelo.

María examinó los documentos meticulosamente y solicitó papel y lápiz para anotar los detalles de los vuelos de regreso. Consuelo había mencionado que su retorno sería al día siguiente, un dato que chocaba con la información que sostenía entre sus dedos temblorosos.

—Pero ella me ha asegurado que volvería mañana, y aquí pone que será pasado mañana —murmuró María, con una creciente preocupación en su voz.

—No te angusties, tu madre conoce bien sus planes y lo lleva todo escrito. Tiene por delante más de veinte horas de vuelo, así que, para ella, el viaje comienza mañana, aunque técnicamente regrese a nosotros un día más tarde —explicó la agente con serenidad.

—Para darte tranquilidad, me pondré en contacto con el hotel para asegurar que la asistan con los preparativos y coordinen su transporte al aeropuerto —añadió, mientras encendía un ordenador diminuto, acoplado a un monitor del tamaño de un libro de bolsillo.

La conversación se prolongó por más de una

hora, durante la cual María recuperó algo de la tranquilidad inicialmente perdida. Se mostraba dispuesta, incluso, a volar hasta Taiwán en busca de su madre si fuera necesario, aunque la idea pareciese una insensatez, dada la posibilidad de que sus vuelos se cruzaran sin encontrarse. La señorita de voz dulce y mirada tierna, con su habitual tono suave, sugirió que María volara hasta Alemania, donde Consuelo haría escala en su viaje de retorno. De este modo, madre e hija podrían reunirse y compartir juntas el último segmento de la aventura.

María intentó detallar a la señorita las vicisitudes recientes de su madre, pero pronto se dio cuenta de que no era necesario. Consuelo era una figura habitual del barrio antes de que aquel negocio hubiera abierto sus puertas hace más de quince años, y en los últimos meses, las dos habían compartido incontables cafés y confidencias, hasta el punto de considerarse amigas. Era evidente que María ignoraba gran parte de la vida social de su madre y de su necesidad de compartir momentos con aquellos que, al igual que ella, escaseaban de compañía. Los hijos de María también empezaban a crecer y a abandonar el hogar, haciendo que ella comenzara a percibir en carne propia el amargo sabor de la soledad. Como ecos de sus sentimientos, María, embargada por esa soledad que antes había rondado a

Consuelo en silencio, vivía en un perpetuo estado de inquietud. Su cuerpo no hallaba reposo en las veinticuatro horas del día, y el cortisol, la hormona del estrés que orquesta nuestra respuesta al tumulto de la vida, corría desbocada por sus venas, manteniéndola en constante desafío. Los temores y las preocupaciones se sumaban a la danza, desvaneciendo la vitalidad de sus músculos y mermando la claridad de su mente, cual actor inmóvil en un escenario mucho después de que el acto haya concluido.

Iba atando cabos. Comenzaba a entender la respuesta de su madre ante la vida, que la había empujado a lanzarse al vacío de lo desconocido, en una búsqueda desesperada por recobrar el pulso de su existencia.

Lo que en un rincón del mundo desataba lágrimas de tristeza y comprensión, en el otro extremo, casi en las antípodas de aquella pequeña ciudad, Consuelo continuaba su camino mientras las luces urbanas empezaban a desplegar su encanto. La llamada había resonado profundamente en su ser, aunque su percepción del momento estaba coloreada por sus circunstancias actuales, destacando solo lo positivo. Vivía su sueño, una experiencia inalterable por fuerzas externas, y se sumergía en el presente sin preocuparse por lo que traería el mañana.

Durante esos días, había desterrado la claustrofobia

de las paredes de su hogar, exorcizado los fantasmas de recuerdos dolorosos y, con cada paso, revitalizado su vigor físico.

Exhaustos, tanto el corcel como la dama, Consuelo empezó a considerar la conveniencia del transporte público para retornar al hotel, aunque su conocimiento sobre su funcionamiento era vago. La estación del metro surgía como la opción más cercana; sin embargo, ignoraba si sus rieles conectaban con su barrio adoptivo, aunque seguía pensando que preguntar sería la opción más sabia una vez se hallara en el interior de sus entrañas subterráneas.

Se puso en ruta hacia la entrada del metro, y no había avanzado más de diez metros cuando su atención fue capturada por un joven que saboreaba, absorto en su móvil, lo que parecía ser un cuenco de alubias con tropezones. Con un gesto cauteloso, se aproximó a la humilde mesa de madera y metal donde aparcaba el joven, sumido en su teléfono, que no se percató de su presencia.

—¡*Ni hao*! —pronunció Consuelo su torpemente ensayado saludo en mandarín.

El gesto captó la atención del muchacho y, señalando hacia el plato, inquirió en inglés sobre la naturaleza del festín. El joven, destilando amabilidad, pero con cara de susto, pronunció el nombre del manjar, una respuesta que, aunque entregada con una sonrisa, poco hizo por clarificar el misterio culinario.

La curiosidad de Consuelo insistió lanzando un par de preguntas más en su particular inglés, intentando esclarecer los detalles del enigma, pero desistió casi al momento, perdida en la esencia del mensaje.

—¿Hablas español? —se aventuró a preguntar de nuevo, sin éxito.

Con un gesto de mano, el muchacho le indicó que esperase y comenzó a conversar ágilmente en mandarín a través de su teléfono. Luego, giró el pequeño altavoz hacia Consuelo, y una voz de lata, pero clara, le describió en un castellano impecable la naturaleza del plato y le invitó a compartir la humilde mesa de madera y metal que ofrecía espacio de sobra para un par de almas. Sin vacilar, Consuelo aceptó la invitación, tomando asiento frente al joven.

La dependienta se acercó a la mesa y Consuelo pidió el mismo plato que el joven degustaba. No pasaron más de sesenta segundos hasta que la recompensa por la extensa caminata se materializó ante ella. En el cuenco, de donde emergía un vapor seductor, se apreciaba un caldo tintado con el rojo profundo de los frijoles y salpicado con semillas de loto. Flotando perezosamente en la sopa, entre unos considerables pedazos de tofu, un dueto de bolas de arroz escondía un cremoso corazón de sésamo negro que estallaba de sabor al deshacerse en la boca con cada cucharada. La idea de fusionar tales ingredientes en un solo plato jamás había cruzado por su mente, y tal experiencia gastronómica logró desviarla completamente de su propósito inicial de regresar al hotel. Bajo la mirada intrigada del joven y con meticulosa dedicación, comenzó a anotar cada ingrediente en su cuaderno de notas.

Con el teléfono como intermediario y dos generaciones de distancia, la conversación se animaba, aplacando la curiosidad de ambos. El joven, un energético veinteañero de ojos grandes y tez oscura, dedicaba sus días a sustentar la economía familiar trabajando en un pequeño templo local, una tarea que, por ironías del destino, se alejaba enormemente de sus creencias y de las tradiciones de sus antepasados. El joven, llamado *Yabu*, formaba parte de una de las minorías indígenas que habían poblado la isla mucho antes de que los colonizadores de Occidente y Asia impusieran sus usanzas. El muchacho pertenecía a la tribu *Ami*, el grupo indígena más numeroso de Taiwán, y al igual que las demás tribus del país, sus raíces étnicas se hundían en los tiempos de los austronesios, explicando así las marcadas diferencias faciales con respecto a las demás personas que Consuelo había conocido hasta entonces. Sus antepasados eran los legítimos propietarios de la isla, pero tras la llegada sucesiva de europeos, chinos y, más tarde, la ocupación japonesa, y, finalmente, colmando el vaso, la toma de control por parte del Partido Nacionalista, derrotado en la Guerra Civil China, se vieron relegados a la condición de meros inquilinos en su propio suelo, despojados de sus tierras, sus costumbres y sus ancestrales tradiciones.

Consuelo, cautivada por la frescura del tema y las peculiaridades de ese nuevo mundo, aguardaba con paciencia a cada nueva frase que el aparato traducía con su voz metálica, desvelándole secretos de un ámbito hasta entonces desconocido. El muchacho era la primera persona nativa con la que Consuelo había interactuado, y lo que la conversación revelaba se alejaba profundamente de lo que hasta entonces había aprendido sobre la historia de la isla.

La crónica que el joven desplegaba ante Consuelo era una de aquellas historias amargas e injustas donde el más fuerte prevalece, arrasando culturas y desmembrando familias. Aunque era el primer miembro de su familia en alcanzar una educación formal, el yugo de los estigmas sociales arrastrados desde tiempos pasados aún gravitaba en el presente. *Yabu* vivía con su madre, de la que había heredado ciertas habilidades arcanas y enigmáticas, cuya naturaleza era tal que resultaba arduo explicarlas y comprenderlas desde la perspectiva de la cultura occidental. La vida de su padre se había extinguido hacía unos años, consumida entre el alcohol y la dureza de los trabajos más áridos y despreciados, aquellos que los ciudadanos de estirpe más acomodada jamás considerarían realizar. Sus antepasados, al menos aquellos que habían logrado sortear la muerte, se habían visto obligados a ofrecer sus más sagradas y enraizadas tradiciones a los ojos de colonizadores y turistas, como parte de un grotesco espectáculo circense. Se perpetuaba así la imagen del indígena, siempre danzante, cantante y bebedor, como la caricatura que eclipsaba la verdadera esencia de sus tradiciones y su tenaz perseverancia por preservar el único legado que la opresión y la fuerza no habían conseguido despojarles. A los ojos del ciudadano medio, él no era más que otro de esos salvajes domesticados a fuerza de golpes, cuya vida transcurría entre interminables danzas rituales. Sin embargo, *Yabu* distaba mucho de esa imagen simplista: era un joven agudo y profundamente comprometido con sus principios. Enfrascado en la lucha por los derechos propios y ajenos, soñaba con dedicarse a asistir a otras minorías étnicas, empeñado en rescatar la dignidad y los bienes que la historia les había arrebatado con indolente crueldad.

Tras semejantes confidencias, la existencia cotidiana podría parecer insípida; sin embargo, el joven también disfrutaba de las historias de

Consuelo, con los ecos de su tierra y las anécdotas de su viaje. Se hallaban inmersos en un momento repleto de ironías, donde los descendientes de colonizadores y colonizados compartían sus vivencias alrededor de aquella humilde mesa de madera y metal, sin apenas conciencia de los sutiles y casi invisibles hilos atemporales y culturales que los entrelazaban. Una descendiente de vascones y un heredero de austronesios compartiendo aquel delicioso *douhua*, que era el nombre que recibía aquel misterioso dulce.

Con los cuencos ya vacíos y las barrigas plenamente satisfechas, Consuelo se veía en la necesidad de regresar al hotel y, aprovechando la coyuntura, preguntó al joven sobre el medio más efectivo para hacerlo motorizada. El joven, diligente, buscó la mejor ruta en su teléfono y se ofreció a guiarla hasta el vestíbulo del metro, asegurándose de que tomase el tren correcto.

—Es realmente sencillo llegar al hotel desde aquí; es tan solo una parada, pero no se preocupe, la acompañaré —murmuró la voz sintética del traductor, mientras el muchacho de ojos grandes y tez oscura le ofrecía una sonrisa.

Recorrieron juntos la distancia que los separaba de la entrada del metro, sumergiéndose en sus profundidades. Una vez allí, el joven se cercioró de que Consuelo no se desviase por error en dirección contraria y se despidió de ella con cortesía.

—Ha sido un placer conocerla. Si dispone de tiempo, sería un placer que visitase nuestro templo mañana. Es un lugar muy interesante —propuso la voz metálica, antes de agitar la mano en señal de despedida, justo cuando las puertas del tren comenzaban a abrirse.

—Muchas gracias —replicó Consuelo en castellano, estrechando brevemente la mano del joven en un gesto de gratitud universal.

Ya en el hotel, apenas había cerrado la puerta de su habitación cuando el insistente pitido del teléfono reclamó su atención. Con un suspiro, Consuelo se dejó caer sobre la cama y rebuscó en su bolso en busca del móvil, por pura costumbre.

—¡Hola, mamá! ¿Has llegado al hotel? ¿Está todo bien? —emergió la voz de María al otro lado de la línea.

—¡Hola! Sí, justo me pillas entrando por la puerta hace un momento —respondió Consuelo mientras intentaba, con una mano, deshacer los nudos de sus zapatillas.

—¿Recuerdas que mañana tienes que volver, no? ¿Está todo preparado? —insistió su hija.

El diálogo continuó con la serenidad de una tarde cualquiera:

—Sí, mañana al caer la tarde debo estar en el aeropuerto para volar a Fráncfort. Lo tengo todo anotado, no te preocupes —dijo Consuelo, sin alterar el tono ni una pizca.

María, sorprendida por la precisión inusitada de la respuesta, indagó:

—¿Lo estás leyendo ahora mismo?

—Lo tengo apuntado en la libreta. Si quieres, luego te busco los detalles —replicó Consuelo, dejando entrever con naturalidad que recordaba los pormenores de su viaje de vuelta, posiblemente por la importancia del evento o porque se trataba de una vivencia agradable; lo esencial era que lo recordaba, algo que, a su vez, tranquilizó a María.

—Mamá, mañana te esperaré en el aeropuerto de Fráncfort cuando aterrices, y desde allí volaremos juntas hasta Bilbao. Así no tendrás que hacer todo el trayecto sola —propuso María con una voz pausada, a lo que Consuelo no opuso resistencia. Después de todo, ella siempre había considerado la compañía como un elixir vital de energía, y qué mejor compañía que la de su propia hija.

—Vale —concedió Consuelo, sencilla y directa.

—Pero anótalo, mamá, no vaya a ser que nos crucemos por descoordinación —insistió María, con un tono teñido de teatralidad.

—¡Ya, ya! ¡Lo anoto ahora mismo! —replicó Consuelo con un deje juguetón de rebeldía mientras batallaba con los cordones de su segunda zapatilla.

—Perfecto. Recuerda que estaré esperándote. Que tengas buenas noches, mamá, y descansa.

—Buenas noches, hija —respondió Consuelo, dejando caer la zapatilla al suelo y finalmente tumbándose sobre la cama en un gesto de completo abandono.

LA DESPEDIDA

El último amanecer se filtraba entre las cortinas, dibujando con su luz trazos diagonales sobre las paredes del cuarto hasta alcanzar las esquinas, donde los brochazos luminosos cambiaban de ángulo para fundirse con el frente de la estancia. Consuelo, aún enredada entre las sábanas, pugnaba por posponer el avance ineluctable del día. Finalmente, vencida, inició la batalla con sus extremidades en un esfuerzo por liberarse de la cama y enfrentar el despuntar de la jornada.

Después de una ducha tan efímera, como si el tiempo bajo el agua estuviese tasado, Consuelo se acicaló y preparó el atuendo para el día y para el largo viaje que la aguardaba. Su cabello aún exhibía un aspecto algo descuidado, con mechones rebeldes en lucha por imponer un reino de caos, un detalle que a ella le importaba poco. Ya completamente equipada y engalanada con lo justo para enfrentar la jornada, descendió al restaurante para perpetuar su ceremonia matutina del café acompañado de lo que tuviera a mano. El personal del hotel, ya habituado a su vibrante presencia y sus elocuentes soliloquios, le tenía preparada una taza de café tan pronto como el andador resonaba contra el marco de la puerta, anunciando su llegada con un par de golpecitos que servían de preludio a su entrada. De seguir hospedada allí por más tiempo, todos en el hotel terminarían dominando el castellano con soltura y con acento norteño.

Tomó asiento, como ya era habitual, con el andador a su vera en un rincón despejado y acogedor, dando inicio a la ceremonia. No había transcurrido mucho tiempo cuando se aproximó a su mesa la joven con el rostro oculto tras una máscara, que solía darle la bienvenida desde la recepción. Con delicadeza, la joven le extendió una hoja impresa: era el correo de la agencia de viajes materializado en texto tangible. En él se solicitaba la colaboración del hotel para custodiar las pertenencias de Consuelo después de desocupar la habitación, además de asistirle para que tomara un taxi hacia el aeropuerto, especificando terminal y aerolínea. La recepcionista se había tomado la molestia de traducir el mensaje y la respuesta al español, asegurando así que no quedase margen para malentendidos. Consuelo, leyendo el papel con detenimiento, dibujó una sonrisa y agradeció a la muchacha por su esfuerzo.

Subió a su habitación, ahora escenario de un último acto, y allí, entre los pliegues de la maleta abierta como un clamor, alojó sus escasas pertenencias: sus prendas, los recuerdos magnetizados y los documentos que certificaban su paso por el mundo. La tarea, ejecutada entre el susurro de las sábanas y el crujir discreto de los cajones, no le robó excesivo tiempo, pero le dejó en su paladar un regusto a despedida, el sabor de la amargura del adiós a una cama que ya no cobijaría sus sueños, a un espacio compartido y a los rostros que el tiempo convertiría probablemente en sombras efímeras. Tomó una foto para no olvidar aquellos muros y reposó la maleta sobre el andador, testigo mudo de la despedida. Descendió hacia la recepción, donde la joven detrás del mostrador, con la que había intercambiado sonrisas, minutos antes, aún ocultaba su semblante tras la máscara; sin embargo, la danza de su mandíbula bajo el velo denotaba que también ella se delcitaba con algún invisible manjar, aspirado a sorbos desde un vaso de plástico de generosas dimensiones que no escapaba a la observación de los presentes.

Tras un último intercambio de miradas cargadas de silencio, Consuelo entregó la llave de la estancia que había sido su refugio en aquellos días de descubrimiento. La muchacha, atenta, completó los trámites finales y se apresuró a salir del cubículo de recepción para tomar la maleta y ponerla en un lugar seguro. Entre tanto, Consuelo extrajo de su bolso el cuaderno de bitácora, su compañero de viaje, y lo abrió en la última página, donde el nombre de un templo, escrito en caracteres chinos por el amable joven de la víspera pasada, esperaba ser descifrado. La recepcionista comprendió el silencioso ruego y, armada con un bolígrafo y uno de los diminutos mapas turísticos que yacían sobre el mostrador, delineó la senda que Consuelo debería seguir desde el umbral del hotel hasta aquel lugar sagrado. Al concluir, y manteniendo las distancias, la joven se inclinó en una reverencia de estilo japonés, un gesto ajeno a las costumbres locales pero que destilaba el respeto profundo que la máscara ocultaba.

Consuelo dejó atrás el hotel y se echó a la calle, siguiendo el recorrido marcado por los trazos azules de su diminuto mapa. Tras serpentear un par de veces por las callejuelas, alcanzó el fin del trazo, y su destino se reveló ante sus ojos. Un pequeño templo de dos plantas se erguía en la confluencia de las dos arterias urbanas, un santuario que entrelazaba los dogmas del taoísmo, budismo y confucionismo. La puerta, custodiada por dos guardianes celestiales, lucía grabados en colores que vibraban con una delicadeza exquisita, mientras su interior, de humilde majestad, estaba adornado con techos de los que colgaban faroles de papel rojo y doradas placas de deseos que pendían como frutos de un árbol sagrado. Consuelo avanzó casi hasta la cocina, sin despertar la atención de nadie, hasta que avistó al muchacho de ojos grandes y tez oscura de la noche anterior, quien asistía a una mujer avanzada en años con la ayuda de otra dama ligeramente más joven. El muchacho, al ver a Consuelo, le ofreció un gesto de bienvenida y la invitó a tomar asiento en una de las sillas, que, como arbotantes, soportaban el peso de las paredes. Se sentó y se dejó obnubilar mientras observaba uno de los grabados del templo.

Finalmente, el joven se acercó a la silla donde Consuelo disfrutaba de su efímero reposo. A su lado, la mujer que había estado presente a su llegada, una dama de mediana edad cuya mirada distante ocultaba una vitalidad que no podía ser ignorada. El intérprete, con su voz metálica, se ocupó de las presentaciones.

—Esta es la maestra del templo —declaró el muchacho, orientando el teléfono hacia Consuelo.

—Encantada de conocerla. Tiene usted un templo maravilloso —respondió Consuelo, con un deje de timidez, pues desconocía los entresijos de la administración de los lugares sagrados.

—*Shifu*, esta es la señora de la que le he hablado —articuló el joven en un idioma que distaba del mandarín, mientras la hermana taoísta no apartaba los ojos de Consuelo ni por un instante, como si un lazo invisible atrajese su atención. Era evidente que habían intercambiado palabras sobre Consuelo, más allá de trivialidades cotidianas.

—Le he hablado a la hermana sobre ti y ella desearía compartir algo contigo, si es de tu agrado. Se trata de un pequeño ritual de purificación que se practica en esta comunidad desde generaciones, para evitar que los espíritus del pasado nos perturben — explicó el joven con una amabilidad que intentaba disipar cualquier sombra de temor en Consuelo.

Con un gesto y sin lugar a réplica, la mujer instó a Consuelo a que avanzara hacia el centro de la estancia, donde reposaba una silla de madera, solitaria y expectante. En sus manos, la anfitriona sostenía un racimo de varillas de incienso, cuyas cabezas ardían con una luminiscencia casi etérea. Agitó las varillas en círculos, con movimientos suaves y rítmicos, purificando sus propias manos y pies en una danza de humo antes de iniciar el rito. Se situó a un lado de Consuelo, ya acomodada en la silla, con las piernas juntas y la espalda descansando plenamente contra el cálido rojo del respaldo de madera. Se aproximó brevemente a una mesita adyacente, donde descansaba un cesto de mimbre, de donde extrajo unas ramitas decoradas con hojas verdes y una delgada caña de bambú. Con delicadeza, entrelazó las varillas de incienso con las ramitas y el tallo de bambú y comenzó a mecerlas suavemente por encima de la cabeza y los hombros de Consuelo, culminando su danza sobre el pecho, a la altura del esternón, mientras entonaba una y otra vez la misma enigmática y repetitiva estrofa.

—La hermana sostiene que hay algo que constriñe su energía, quizás las heridas del pasado —tradujo el joven desde aquel idioma arcano.

—Pero solo percibe el desequilibrio, no sus causas —prosiguió, al tiempo que la hermana agitaba nuevamente las hojas frescas a lo largo del torso de Consuelo. De súbito, se detuvo y un silencio apagó la cadencia de su canto. Posó el ramillete de hojas sobre el pecho de Consuelo una última vez y, separando las varillas de incienso, las depositó sobre sus manos entrelazadas. Caminó los escasos pasos que la separaban del altar que albergaba algunas de las místicas figuras del templo y hundió las varillas en el incensario. Realizó un par de reverencias, susurrando palabras apenas audibles, y regresó al punto de partida, donde aguardaba Consuelo.

Un manto de silencio envolvió la estancia, quebrado únicamente por la voz de lata del intérprete, que se apresuró a desvelar la esencia del ritual. Lo que Consuelo acababa de experimentar no se enraizaba en las tradiciones budistas ni taoístas, ni se asemejaba a nada que hubiera conocido antes; era, más bien, un antiguo y casi olvidado ritual de diagnóstico, transmitido oralmente de generación en generación, cuyo propósito era identificar la presencia de energías, o espíritus, como se les llamaba allí, responsables de desequilibrios tanto corporales como emocionales. El dictamen fue definitivo: el joven le explicó a Consuelo que la hermana había detectado ciertas anomalías en su energía que turbaban su esencia, aunque no pudo identificar ninguna entidad maligna detrás de sus dolencias. Al contrario, fue la radiante energía positiva de Consuelo, que conectaba de forma invisible con aquella tierra, la que había capturado la atención de la hermana desde el principio, como la de alguien que enfrenta sus adversidades con una determinación indestructible. Había una conexión.

Consuelo se incorporó, aferrándose con firmeza a la silla que, a modo de despedida, emitió un par de crujidos bajo su peso. Avanzó hacia el andador, revitalizada tanto en cuerpo como en espíritu por la sesión mística que acababa de experimentar, sintiendo cómo su apetito despertaba con ímpetu. Maestra y discípulo mantenían su coloquio al pie de una pared engalanada con cientos de cintas de papel, probablemente inscritas con los nombres de los miembros de la comunidad.

El joven se acercó de nuevo a Consuelo, tendiéndole una pequeña bolsa de plástico.

—Muchas gracias por atreverse a sumergirse en nuestro ritual —comenzó con un tono mezcla de curiosidad y asombro—. ¿Está segura de que nunca había visitado antes Taiwán?

—Segurísima —respondió Consuelo con una certeza irrefutable.

—¿Y algún antepasado? —insistió el joven, mientras su voz se teñía de intriga—. La maestra ha mencionado restos de energía aferrados a esta tierra, como si algo aquí la mantuviera conectada con la energía de la isla.

—La verdad es que no, estoy aquí por pura casualidad. Una agencia de viajes ofrecía este destino —respondió Consuelo, intentando disipar la neblina de misterio que empezaba a envolver la conversación.

—Pero ¿por qué eligió recorrer tantos kilómetros para visitar una isla que no significa nada para usted? ¿No le parece extraño? —la pregunta del joven levantó una sombra de duda sobre el raciocinio lógico de Consuelo.

—No lo sé, la verdad —balbuceó Consuelo, confundida, sin saber si la decisión había sido dictada por la suerte o el destino, y si era su memoria la que, una vez más, le ocultaba alguna pista crucial para resolver el enigma.

—No se preocupe —dijo el muchacho tras notar la confusión en los ojos de Consuelo. Su voz se suavizó, como queriendo aliviar la carga del desconcierto—. En todo caso, me alegro mucho de que haya venido a visitarnos. ¡Ah, se me olvidaba! —añadió de pronto—. La hermana pensó que podría tener hambre y esto es lo único que podemos ofrecerle por ahora —explicó, mientras le mostraba el contenido de la bolsa que albergaba un par de huevos cocidos, teñidos de un oscuro matiz.

—¡Muchas gracias! —exclamó Consuelo, genuinamente agradecida por cada momento de la experiencia. —Pero ¿debo pagar algo? —preguntó, mezclando curiosidad con cortesía.

—No, no, por favor —respondió el joven, esbozando una sonrisa—. Su presencia aquí es más que un pago. Fui yo quien la invitó a visitarnos —añadió.

Consuelo reiteró su agradecimiento una y otra vez, tantas que el joven bien podría haber replicado las palabras en un castellano impecable. Después, se dirigió hacia la calle, mordisqueando uno de los huevos cocidos, y desde la puerta se despidió con un gesto de la hermana, que observaba desde el interior. La hermana, tan seria y enigmática como cuando llegó, correspondió con una sonrisa y una inclinación de cabeza, destilando respeto a la silenciosa despedida.

Sacó el diminuto mapa del bolso y, sin titubeos, tomó la ruta de regreso al hotel, siguiendo la senda inversa que los trazos azules delineaban. Sobre el andador todavía descansaba el ramillete de hojas que la maestra del joven le había confiado durante la ceremonia. Junto a este, yacía un pequeño colgante de piedra de un verdor tenue, que pendía de un cordel ocre. Se detuvo un instante, ató cuidadosamente el cordel alrededor de su muñeca y reanudó su paseo, sumergida en los profundos pensamientos que la reciente experiencia había suscitado. Encaró el último de los trazos azules hasta que, de repente, se dio de bruces con un taller mecánico, modesto y desprolijo, que poco o nada tenía que ver con la puerta del hotel que debería ocupar aquel lugar.

—Algunos de los trazos estaban equivocados —murmuró Consuelo, como si al pronunciarlo pudiera despojarse de la culpa por haber tomado la ruta equivocada.

Continuó vagando por las calles durante unos minutos hasta rendirse a la evidencia de que se había perdido. Consultó su reloj, no tanto por preocupación de quién llega tarde, sino para asegurarse de que el tiempo no se convertía en un enemigo de su regreso. A su alrededor, ningún hito le resultaba familiar. Se detuvo frente a una lonja adornada con mesas de plástico, presididas por cinco señoras cuya edad había traspasado con creces el umbral de los cincuenta inviernos, y que coordinaban con aplomo las comandas de los comensales. Una de ellas captó su atención con un gesto amable, y Consuelo, movida por el remanente de hambre post ceremonial, se acercó al mostrador donde se desplegaba una oferta de tentadoras viandas. Un letrero rojo, con caracteres blancos proclamando el menú, dominaba el escenario, mientras hojas sueltas de papel que duplicaban su contenido, en una forma más manejable, evocaban más las tarjetas de un bingo que el menú de un establecimiento gastronómico.

La amable señorita, que ya había percibido la confusión en el semblante de Consuelo, destapó una enorme cazuela de sopa que burbujeaba suavemente sobre el fuego lento y se acercó a Consuelo con amabilidad, invitándola a seleccionar de entre la variada oferta de ingredientes los que más se adecuaban a su paladar para enriquecer su sopa. A medio camino entre consenso y desconcierto, la buena mujer comenzó a pinzar pequeñas muestras de los diversos manjares para facilitar la elección y la comunicación: hígado, intestinos, cartílago y carne recubierta de colágeno membranoso. Consuelo, con un decidido golpe de dedo, compuso su sopa de entrañas, estacionó su andador junto a la hilera de motocicletas que marcaban la frontera entre el asfalto y los transeúntes, y tomó asiento en una de las modestas sillas detrás del mostrador.

Una vez sentada, la sensación de extravío se aferró nuevamente a su mente como una sombra tenaz y, sin perder el ritmo, comenzó a hurgar en las profundidades de su bolso en busca de su teléfono, su aliado moderno. Titubeó unos instantes, deslizando los dedos sobre los pequeños iconos que poblaban la pantalla, hasta que, finalmente, la aplicación de mapas se abrió. La dirección del hotel encabezaba la lista de destinos más habituales, como un faro en medio de la niebla. Sin pensarlo demasiado, seleccionó la dirección y aguardó con paciencia casi estoica mientras los trazos azules comenzaban a tomar forma en la pantalla. Había caminado en dirección contraria durante todo el trayecto desde que abandonó el templo, así que ahora le tocaba desandar el camino y recorrer de nuevo dos veces la misma distancia, como si el tiempo se empeñara en ponerla a prueba.

Satisfecha, o al menos entregada a la idea de estarlo, se levantó con la ligereza que sus piernas alcanzaban y se acercó a la amable señorita, que, con una sonrisa más descansada, comenzaba a recoger los cacharros, como si el final de la jornada fuera un suspiro tan natural como la caída de la tarde. Con un ademán que no sabía si era de generosidad o de resignación, Consuelo presentó la cartera abierta de par en par ante la dama, invitándola a tomar lo que le correspondía. La amable señorita, pacientemente, sin perder la calma ni la compostura, extrajo un puñado de monedas y las dejó deslizar sobre la palma de su mano. Contó las piezas con meticulosidad y, al final, devolvió a la cartera las que excedían del montante. Se despidieron con una inclinación de cabeza y una sonrisa, y Consuelo, aún con el regusto de la comida aferrado a su lengua, se dirigió hacia su cuádruple corcel, disfrazado de improvisada motocicleta de ciudad, que la aguardaba impasible en la acera, listo para llevarla de vuelta al hotel.

El camino de vuelta lo orquestó la voz metálica desde el teléfono, que dictaba cada maniobra estratégica del andador, como un capitán dirigiendo a su tripulación a tierra firme. La tarde caía con la lentitud de un telón en el acto final, y Consuelo, sumida en sus pensamientos, se empeñaba en grabar en su memoria cada esquina de aquellos recovecos urbanos. No quería dejar escapar los detalles de esas callejuelas caóticas, el gentío pululando bajo los soportales y la palpable vitalidad del vecindario, que había sido su refugio y centro de operaciones durante su estancia.

Cuando el letrero del hotel surgió ante sus ojos, acalló la voz digital, que se había convertido en un zumbido irritante para los peatones. Las puertas de cristal se abrieron en un gesto de bienvenida, esquivando por milímetros el embate de las ruedas del andador, como si ellas también participaran en este último acto. En ese preciso instante, la joven recepcionista, cuyo rostro seguía oculto tras la máscara en su rutina, se adelantó hacia Consuelo con la maleta ya dispuesta, murmurando que el taxi estaba en camino. Juntas, casi hombro con hombro, esperaban con paciencia a que el vehículo amarillo se materializara, listo para transportar a Consuelo directamente al aeropuerto. En ese breve intervalo, el mundo pareció ralentizarse, concediéndoles un momento de calma, una pausa con sabor a despedida, justo antes de que Consuelo se sumergiera de nuevo en el torrente de su viaje.

El taxi irrumpió en escena bocinando a cada paso, entablando un diálogo rítmico con las ruidosas motocicletas que se entrecruzaban en su avance, marcando un compás de freno y arranque, como el de un aprendiz al volante titubeando en su debut. El vehículo se detuvo frente a la puerta del hotel, anclando las ruedas delanteras en el alma del asfalto. El maletero se abrió como por arte de magia, y la recepcionista acomodó la maleta mientras intercambiaba breves aclaraciones con el taxista, un hombre de rostro redondo y prominente barriga, que emanaba una simplicidad y bonhomía irrefutables.

Tan pronto como se percató de la presencia del andador, el hombre se apresuró a asistir a Consuelo. En una coreografía de diligencia y cuidado, ayudó a plegar el andador y acomodó a Consuelo en el asiento trasero del taxi.

El interior del vehículo rebosaba de adornos, con más ornamentos que pliegues en la Torre de Jesucristo de la Sagrada Familia. Una colección de estatuillas de Buda, de variados tamaños y colores, se erigía sobre el salpicadero, que estaba cubierto de láminas de terciopelo negro que se perdían en el techo. A los lados del volante, dos teléfonos, dispuestos como fieles escuderos, hacían las veces de copilotos, mientras que una pantalla plana sobredimensionada, a modo de púlpito moderno, sermoneaba sobre las ofertas cosméticas de la ciudad a los ocupantes.

Con un suave clic, las puertas se cerraron, los seguros se bajaron y el taxi emprendió la marcha, deslizándose hacia el aeropuerto mientras la tarde caía sobre la ciudad.

EL RETORNO

La carrera había consumido exactamente cuarenta minutos cuando el taxi detuvo su marcha y se orilló susurrando frente a la puerta de salidas del aeropuerto. La noche ya se había adueñado del entorno, impregnándolo de una oscuridad interrumpida tan solo por farolillos y la fría luz blanca que escapaba de los edificios. Las puertas del vehículo se abrieron en sincronía, creando un escenario futurista digno de una película de ciencia ficción. El hombre de rostro redondeado y prominente barriga, desbordando amabilidad y diligencia, bajó del carruaje con una agilidad inesperada para su corpulencia, dispuesto a asistir a Consuelo con la maleta y el andador.

Con las cuentas saldadas, la silueta de Consuelo se perfiló con paso decidido hacia el edificio principal, propulsando su andador que, renuente, refunfuñaba a cada paso, como si quisiera dilatar el inevitable trajín del viaje. El corcel, quejumbroso y casi humano en su disgusto, continuó lanzando lamentos contra cada baldosa del aeropuerto, intentando llevarle la contraria a su dueña. De pronto, la protesta cesó, dejando lugar a un plácido silencio, justo cuando ambos, andador y Consuelo, se detuvieron ante los paneles luminosos que mostraban la actividad del aeropuerto.

Abrió el bolso, como siempre rebosante, y extrajo su libreta, repleta de anotaciones. La distanció lo suficiente para contrarrestar la presbicia y la abrió con un gesto teatral por la primera página, donde se enumeraban los detalles cruciales del viaje. Allí, en letras rechonchas teñidas de rojo, se destacaban los números de vuelo de regreso, delineados en una tabla meticulosamente rotulada que subrayaba su importancia. Con la libreta en alto, Consuelo se enfrascó en un juego de coincidencias, buscando la armonía entre los números anotados y los que parpadeaban en el panel informativo. Un nuevo código la orientaba ahora hacia los mostradores de facturación, desplazándose con la soltura de quien, aunque no frecuentemente, había practicado aquella ceremonia más de una vez.

La marcha se reanudó y, esta vez, el andador parecía más dócil y dispuesto a colaborar, como si también él hubiese aprendido el camino. Juntos escudriñaban cada cartel, navegando por los pasillos llenos de números hasta alcanzar la hilera de mostradores, donde ya comenzaba a amontonarse un pequeño grupo de turistas ansiosos por regresar a sus vidas.

Consuelo, con la precisión de una estratega, orientó su artillería hacia una joven que aguardaba la llegada de aquellos clientes de bolsillos abultados y dispuestos a pagar por los asientos más privilegiados de la aeronave. Armada de encanto y con un dominio improvisado del mandarín, Consuelo se presentó y, con su gesto habitual, esparció los documentos que la agencia de viajes le había provisto, junto con su pasaporte, sobre el mostrador, todo ello coronado por una sonrisa franca. Su acto fue recompensado con una sonrisa que iluminó el semblante de la joven, un ligero destello de cariño en un día usualmente marcado por la rutina y los apuros de otros viajeros con preocupaciones más pedestres.

La joven, meticulosa en su deber, examinó cada papel con detenimiento y, tras unos ajustes menores, imprimió los billetes y descolgó el teléfono para coordinar la llegada de un vehículo de asistencia, algo a lo que Consuelo ya se había habituado. Luego, con la precisión de quien traza rutas en un mapa, marcó el itinerario de vuelo y el asiento en los billetes, entregándoselos mientras indicaba, con un dulce gesto de la mano, que esperase junto al mostrador. Consuelo acató la instrucción con diligencia, no sin antes agradecer en castellano a la joven por su tiempo y amabilidad.

El nuevo vehículo de Consuelo no tardó en materializarse, conducido por la misma muchacha de mirada cálida que la había recibido al bajar del avión a su llegada. Se trataba de una agradable coincidencia, considerando la inmensidad del aeropuerto y la multitud de almas que allí trabajaban. Consuelo, fiel a los caprichos de su memoria, no reconoció a la muchacha; sin embargo, ella recordaba vívidamente a Consuelo, especialmente tras el pintoresco episodio en el control de pasaportes durante su arribo. Consuelo tomó asiento en la moderna silla de ruedas y juntas emprendieron el peregrinaje por los controles, cada uno tejido con más humor y aventuras que el anterior, bordando un tapiz de relatos épicos dignos de ser trovados a los cuatro vientos.

Sin tregua, avanzaron hasta la mismísima boca del pájaro metálico, sin demoras ni filas que entorpecieran el camino. La joven de mirada cálida, cuyo aliento de vida parecía inagotable incluso tras el largo andar junto a Consuelo, estacionó la silla y ayudó a su ocupante a erguirse, sosteniendo su pesado zurrón repleto de recuerdos. Dentro del avión, dos azafatas las aguardaban, listas para guiar a Consuelo hasta su asiento, donde pasaría al menos doce horas de su existencia surcando los cielos. Extendiendo la mano como un puente sobre la ausencia de su fiel andador, giraron a diestra, descubriendo no la estrecha senda de asientos comunes, sino una serie de habitáculos dispuestos con regia inclinación, capaces de albergar a dos o tres almas más por cubículo. Sorprendida, Consuelo no cesaba de cuestionarse sobre el misterio que acontecía. Ciertamente, algún equívoco se cernía sobre ella, pues no se contaba entre las personas pudientes capaces de costear tal lujo. La azafata, con una sonrisa, insistió en que aquel era su lugar asignado y, con un gesto de cabeza, se retiró a su puesto en la entrada de la aeronave, esperando la llegada de otros viajeros. Claro estaba que tal favor era obra de la amable joven del mostrador de facturación, quien, sin duda, había tramitado aquel noble gesto en gratitud por hacer su jornada más llevadera.

Consuelo sacó su cuaderno de bitácora y, con pluma firme, registró cada momento desde que dejó el hotel hasta que aterrizó en aquel insólito butacón reclinable.

La aeronave despegó, navegó durante media jornada y aterrizó sin inmutar a Consuelo, quien había pasado dormida prácticamente la totalidad del viaje, despertándose brevemente solo para degustar algunos de los manjares que la tripulación ofrecía o para realizar esporádicas visitas al aseo. La cama no había sido la más confortable que su espalda recordaba, pero sí la primera que la arropaba a cientos de pies sobre el suelo.

Con paciencia, esperó a que el pasaje se desalojara, dando tiempo a las azafatas para recuperar el aliento antes de ser escoltada hacia la salida del avión. La cabina ahora se asemejaba a un campo de batalla, plagado de almohadas y mantas desparramadas por el suelo o colgadas de los reposabrazos, mientras bolsas de plástico arrugadas y restos de consumiciones redecoraban el entorno con dudoso gusto.

Junto a la puerta del avión, una muchacha rubia y corpulenta sostenía entre sus manos una silla de ruedas, más práctica que cómoda, creación única del perfecto ingeniero mecánico que, sin duda, jamás se había de sentar en ella. La muchacha aguardó a que Consuelo se acomodara por sí misma, como si prestar ayuda no figurara en su contrato, y luego la deslizó hacia el vehículo de transporte especial que la conduciría hasta la terminal, con la indiferencia de quien empuja un carro de la compra entre las estanterías de un supermercado.

Completada la burocracia legal, hicieron su entrada en la zona de espera de viajeros de la terminal de vuelos europeos. Un grito, digno de ser clasificado más bien como un alarido en la escala decibélica, capturó la atención de todos los presentes, excepto la de Consuelo, aún aturdida por el largo viaje.

—¡Mamá! ¡Me cago en la leche! Eres la única en todo el aeropuerto que me ignora —exclamó la voz, transformándose de pronto en un abrazo.

María, su hija, se desbordaba de alegría al reencontrarse con Consuelo, sin reparar apenas en la presencia incómoda de la joven rubia y corpulenta que observaba la escena con una mirada distante y el hocico algo torcido, mientras madre e hija prolongaban su abrazo.

—¡*Entschuldigen Sie*! —gruñó la muchacha en alemán, para hacer patente su presencia.

—¡Ay, perdón, perdón! ¡Es mi madre! —respondió María al gruñido, en un castellano teñido de dulzura, sin soltar a Consuelo.

La joven, entre confundida y frustrada, gesticuló ampliamente con los brazos, mostrando las palmas de sus manos a la altura de los mangos de la silla, señalando con ímpetu que necesitaban continuar su camino.

—¿Cuál es la puerta de embarque para su próximo vuelo? —preguntó María a la joven, en un alemán impecable que achicó momentáneamente a la muchacha tras sus bruscos modales.

—A50 —contestó la joven, recomponiendo su compostura.

—Puedo acompañaros, ¿verdad? —preguntó María, intuyendo la respuesta.

—Naturalmente —respondió la joven, quien ya había empezado a suavizar su tono.

—¡Anda, mamá, vámonos! ¡Que tienes mil cosas que contarme! —exclamó María, cuyo tono gruñón no lograba ocultar la emoción evocada por el feliz reencuentro.

—¡Qué alegría verte, hija! —dijo Consuelo, finalmente, con su cabeza ya ubicada.

La procesión, formada por la escolta, la silla y las dos damas entrelazadas de la mano, avanzó con serenidad sacramental la distancia que las separaba de la puerta cuyo destino, Bilbao, titilaba en las pantallas que colgaban sobre el mostrador de embarque. Al llegar, se detuvieron ante la cinta que hacía las veces de barrera, frenando el ímpetu de los pasajeros por ocupar prematuramente sus asientos, e intercambiaron algunas palabras con el personal de embarque antes de que la muchacha rubia y corpulenta se despidiera de Consuelo, diluyéndose luego entre la maraña de voces y pasos.

La empleada del mostrador, con un español claro y pausado, desgranó el procedimiento a Consuelo, invitándolas a avanzar hacia la rampa que las conduciría hasta el avión, mientras el resto de los viajeros continuaba con la espera.

Ya acomodadas en las primeras butacas del avión, María no esperó ni a que el eco del reposo les alcanzase, cuando su voz emergió vibrante:

—Mamá, ¿dónde has estado, y por qué nos has mantenido en vilo sin decirnos nada? —preguntó con un tono suave, aunque cargado de peso que la serenidad apenas disimulaba.

Consuelo, cuyos ojos aún retenían el brillo de los secretos de su viaje, respondió con la cadencia de quien ha ensayado su verdad en el silencio de su soledad:

—Hija, he pasado un largo tiempo encerrada en mi propia casa, prisionera de las labores del hogar, criándoos, viéndoos crecer y marchar, mientras mi vida se evaporaba entre ollas y esperas, en un rincón donde nunca fui más que una sombra en vuestras vidas. Ahora que tu padre se ha ido y vosotros habéis tomado vuestros propios caminos, lo único que me queda es la soledad entre esas paredes que me constriñen.

—Pero, mamá... —intentó interrumpir María, su voz temblorosa.

—Déjame terminar, hija. No espero que me entiendas, pero siento el crepúsculo cercano; quizás pronto mis piernas fallen, quizás mis memorias se disipen, arrastrando mis recuerdos y robándome mi ser. Todos me decís que es tarde para aventuras, que a mis años ya no estoy para aprender, o que necesito ser custodiada en cada gesto. No deseo ser un estorbo, no aspiro a ser esa anciana que se desvanece en las esquinas de vuestra compasión, ni la abuela errante que balbucea tonterías. Ansío vivir desde mi orilla, sin que nadie administre mis días ni confine mis sueños, sin que nadie apague mis ilusiones. Bastante tengo con batallar mis piernas y mi memoria, ¿o acaso os creéis que no me doy cuenta? —Consuelo hizo una pausa en su discurso, con el pecho anudado por el llanto.

María, con la emoción haciendo un nudo en su garganta, susurró:

—Mamá, ¿por qué nunca me contaste lo que sentías? Solo queremos lo mejor para ti. Sabes que estaría dispuesta a acompañarte hasta el fin del mundo si eso te ayudase.

—Lo sé, mi niña, y si bien aceptaría recorrer cualquier distancia a tu lado, temo que lo harías velando por cada paso, preocupada por cada detalle. A mi edad, errar el camino o demorar la llegada son regalos de libertad; son pruebas de que aún puedo evadir las barreras de mi hogar, que se convierte en cárcel, y que mis piernas, con o sin andador, aún se atreven a guiarme —respondió Consuelo con un hálito de firmeza—. Sentí la necesidad de romper con la monotonía de mi cotidianidad, de no caminar siempre las mismas calles, de no encontrarme con los mismos rostros en los acostumbrados rincones, de no hablar siempre de lo mismo y de liberarme de esa pesada sensación de haber abandonado mis sueños en el camino.

Para cuando se dieron cuenta, el avión ya embestía

con los motores en pleno rugido, arremetiendo los últimos metros de pista antes de elevarse hacia las nubes.

—Mamá, ¿y lo has disfrutado? Debes de haberte sentido sola, sin pillar ni papa de lo que decían —comentó María, intentando aligerar el peso emocional de la conversación.

Consuelo tomó el bolso entre sus manos y extrajo su teléfono, antes aprisionado entre los pliegues de la marabunta de papeles que lo colmaba. Maniobró con sus dedos la pantalla hasta que la galería de fotos desplegó los destellos de momentos y recuerdos capturados. Orientó el aparato hacia su hija para que viera las pruebas de sus andanzas.

—La verdad, hija, es que no tuve tiempo para el aburrimiento —confesó Consuelo mientras navegaba por las imágenes, observando el asombro en el rostro de María, que apenas podía imaginar que su madre hubiera sido capaz de tal odisea.

El resto del viaje se consumió entre los relatos de cada imagen, salpicados de silencios mientras Consuelo escarbaba en su memoria los nombres de los lugares o rastreaba su cuaderno en busca de detalles esquivos. Era digno de admiración su habilidad para hilvanar coherencias entre aquellos garabatos y los instantes capturados que resplandecían sobre la pantalla del teléfono.

María comenzaba a entrever lo que su madre

le había revelado. Ella misma nunca se había atrevido a cruzar los confines de Europa, atrapada por un miedo visceral a lo desconocido, temerosa de lo que pudiera acontecer. Y, sin saberlo, se había refugiado en un ejército de formas verbales: fantasmas conjurados en imperfectos subjuntivos y condicionales, como si fueran la clave para sortear los males del futuro, creyendo que en ellos hallaría la protección contra los imprevistos de la vida. Pero, en realidad, estas conjugaciones no eran más que las llaves oxidadas que mantenían cerradas las puertas de su propia libertad.

Irónicamente, ahora era ella, envuelta en arrebatos enfermizos de celotipia, la que lanzaba preguntas como dardos, hurgando con curiosidad en los recovecos de aquellos segundos atrapados en las fotografías. Por primera vez en mucho tiempo, una chispa de alegría encendía el espíritu de aquella abuela, maltrecha por los deseos de su propio cuerpo. Incluso María había olvidado las reservas que antes le provocaba compartir su tiempo y sus respiros entre aquellas paredes metálicas, alejadas de la seguridad y la quietud de la tierra firme.

El avión, despidiéndose del cielo, acarició el asfalto con suavidad y se dirigió a su posición final. El sol aún brillaba con fuerza, y, cuando las puertas se abrieron, una brisa casi de verano atravesó la nave de lado a lado, dando la bienvenida al pasaje. Desde su privilegiada atalaya en la primera fila, madre e hija despidieron pacientemente a los demás viajeros, esperando para dirigirse a la terminal, donde su andador y la maleta aguardaban, confiando en que estos hubiesen compartido su mismo vuelo.

Con el vibrar familiar de su idioma, Consuelo sintió un reconfortante regreso a sus raíces, como si cada palabra pronunciada por los transeúntes reforzara los lazos con su tierra.

—María, deberíamos planear un viaje juntas —soltó Consuelo, mirando hacia el flujo constante de pasajeros, más que a su hija.

—Mamá, apenas has aterrizado, ¿y ya planeas otra escapada? —respondió María, con un tono mezcla de sorpresa y reproche

—No de inmediato, pero tal vez podríamos aventurarnos a Sudamérica este verano —propuso Consuelo, con una nota de desafío en su voz.

—¿Sudamérica? ¿Qué se te ha perdido a ti tan lejos? —preguntó María, desconcertada.

—¡Lo mismo que en Tailandia! No estoy segura, pero es mejor explorar y descubrirlo por mí misma —concluyó Consuelo con una despreocupación que desconcertó totalmente a María, aún no repuesta del viaje actual que todavía no había tocado su fin.

—¿Pero no vienes de Taiwán?

—¡Exactamente! —concluyó Consuelo sin intención de rectificarse.

Acomodaron los bártulos en el coche y, como quien se desprende de un peso, abandonaron el aeropuerto. Los cincuenta minutos largos que duró el viaje se deslizaron entre risas y relatos, como si el tiempo aleteara, suave y ligero. La Consuelo que María había recogido en Alemania parecía otra, más viva, más entusiasta. Estaba más dinámica, más animada y, lo que más sorprendía: sus respuestas llegaban rápidas, sin vacilaciones, como si la memoria y el espíritu hubieran vuelto a fluir sin tantas trabas. Desde su encuentro, no hubo ni una sola repetición de pregunta ni rastro de los interminables titubeos en sus respuestas.

Estacionaron el coche frente al edificio que había custodiado cuatro décadas de vida de Consuelo, donde su discreto apartamento aguardaba, ansioso, el regreso de sus pasos. Apenas Consuelo intentó descender del vehículo, un perrito, con bucles de algodón en tonos ocres y marrones, se abalanzó sobre sus piernas, festivo, en un desbordante alarde de júbilo.

—¡Por Dios, Consuelo, ya estás de vuelta! ¿Dónde te habías metido? —clamó una vecina desde la acera, con una dramaturgia que bien merecería el aplauso del público.

—He estado por ahí, despejando la mente unos días, nada más —respondió Consuelo con un gesto imperturbable, aunque su sonrisa esbozaba una cálida bienvenida y sus ojos pícaros vacilaban entre el ocultamiento y la revelación.

—¡Pero si hemos estado buscándote como locos estos días! —insistió la vecina, asumiendo de nuevo un tono dramático en el papel de coordinadora de crisis de la comunidad.

—Bah, nada de lo que preocuparse, simplemente una breve escapadilla —aplacó Consuelo, cortando cualquier intento de indagación con la delicadeza de quien cierra suavemente la puerta a la curiosidad ajena.

—Bueno, pues me alegro mucho de que estés de vuelta. Ya verás qué contentos se ponen tus hijos.

Guiando los enseres amontonados sobre el andador, como si de un carro de mercado se tratase, disolvieron sus siluetas por el umbral del portal, entregándose a la custodia de un ascensor cuyas puertas, marcadas por el tiempo, aún reflejaban las heridas de las incontables batallas libradas en aquel campo. Las ruedas del andador batieron contra el metal del ascensor con insistencia, hasta que este cedió, y se dirigieron hacia la imponente puerta de madera de roble que su marido, artesano de sus marcos y testigo de sus días, había erigido con sus propias manos y que ahora mostraba las cicatrices de años de leal servicio. El hogar yacía inmutable, como lo dejó Consuelo, acaso un poco más entregado al polvo acumulado. Aparcó el andador junto a la entrada y tomó asiento en la mesa, donde

María ya encontraba reposo, apoyando sus brazos fatigados después del viaje.

El timbre de la puerta repiqueteó, anunciando otra vicisitud en el entramado del día. María, ligera de pies, se acercó hacia la entrada y abrió la puerta de un tirón. Una ráfaga de viento se coló por la abertura, saludando a María en su embestida y precipitándose hacia la mesa donde Consuelo reposaba, lanzando un par de besos y un cariñoso abrazo sobre ella.

—¡Vamos, desembucha! ¿Qué tal por esas tierras? ¿Lo has pasado bien? —indagó la vecina con la curiosidad sana de una buena amiga.

—Pero ¿tú ya lo sabías? —María, sorprendida, no podía ocultar su desconcierto.

—¡Claro, mujer! Pero ¿quién soy yo para meterme? —contestó la vecina, desplegando una alegría contagiosa e indiferente, imitando el aire despreocupado de Consuelo. —¡La madre que te trajo al mundo, Consuelo! ¡Ya lo habíamos hablado! Paula, la de la agencia, es mi cuñada —confesó entre risas, lanzando miradas cómplices a Consuelo.

—Así que lo tenías todo armado y no dijisteis nada, sabiendo que estábamos como locos buscándote —replicó María, que no lograba disimular su frustración.

—Pero mira, no ha pasado nada malo, ¿verdad? Así que todos contentos, que ya somos lo suficientemente mayorcitas para andar dando explicaciones —prosiguió la vecina, con un tono burlesco y juguetón que cortaba la tensión del aire.

—¡A tu madre igual se le ha olvidado! —rió con una inocencia desarmante, suavizando las asperezas con su humor.

—Tere, luego te cuento —intervino Consuelo, que hasta entonces había disfrutado de la charla en un grato silencio.

—¡Vale! Pues me subo, que estoy preparando una compota. En un rato, cuando esté lista, te bajo un poco y me cuentas todo con calma —concluyó la vecina, retirándose con la misma fluidez y energía con la que había aparecido.

El silencio resonó sobre la estancia, tan palpable que parecía espesarse sobre los hombros. María, con la mirada perdida en el vacío de sus pensamientos, intentaba ensamblar de nuevo su paciencia y recomponer su frustración. Consuelo, en una postura de resignada entrega, cruzaba los brazos sobre la mesa, apoyando la cabeza sobre ellos, como si con ello pudiera sostener también el peso de las horas, preparándose para rendirse a los brazos de una siesta improvisada.

—Mamá, por favor, no te duermas ahora o no pegarás ojo en toda la noche —murmuró María, ya más serena—. Además, debo hacer algunas compras; tu nevera luce más desolada que una despensa olvidada.

Consuelo, con un sutil movimiento, levantó la cabeza e irguió su figura, acomodándose de tal modo que pudiera equilibrar el peso de su cuerpo sin comprometer su espalda.

—¿Y esa pulsera tan preciosa? —preguntó mientras atrapaba con delicadeza la mano de María, donde brillaba una pulsera de cuentas de jade amarillo, hilvanadas meticulosamente en un cordel marrón dorado que engalanaba su muñeca.

—Es la pulsera de tu madre, la que le confió su abuela —respondió María, con un tono susurrante—. La que me regalaste hace unos meses, que encontraste entre tus tesoros olvidados.

—¡Es verdad! ¡Qué bonita! Ya no me acordaba de ella —exclamó Consuelo, con su mirada fija en el reflejo que la lámpara del techo proyectaba sobre una de las esferas, tiñéndola de motas rojizas, asemejándose a una exquisita y diminuta uva de moscatel.

María, empeñada en devolver a la nevera el esplendor de tiempos mejores, se levantó de la mesa, cargó las llaves en su bolso y se despidió de Consuelo.

—Regreso en nada, mamá. Solo voy al supermercado y vuelvo —dijo María, justificando su partida mientras cerraba la puerta tras de sí con un suave portazo que resonó por el rellano.

Consuelo, con un codo apoyado sobre la mesa y

con el otro brazo, cual botarel, contrarrestando el peso de su cuerpo, perdía su mirada en los muros amarilleados por los años. Estos, testigos mudos, habían asistido en silencio a los pasajes de su vida, apresando sus sueños y aplacando sus ímpetus con el tiempo. Ahora, plenamente consciente de su regreso, se encontraba en el punto de partida, en el kilómetro cero de su existencia, allí donde el recorrido de su vida continuaba lejos del caos encantador de aquellas callejuelas abarrotadas de experiencias. Todo reposaba en su ánimo, en su decisión de transformar aquellos muros, mudos pero no ciegos, en un refugio para reinventar el ocaso de sus días, mientras el destino, imperturbable, seguiría proveyendo de momentos sin memorias, batallando por arrebatarle sus recuerdos.

Se levantó entonces, lanzando una última mirada a su entorno, aquel recinto de memorias y suspiros. Despojó al andador de la carga que oprimía sus ruedas, librando a su fiel corcel de sus arreos y, con paso resuelto pero sereno, se entregó a la calle, abriéndose paso hacia el aire fresco de un nuevo comenzar.

9 788409 681952